ワケあり竜騎士団で子育て始めました

～堅物団長となぜか夫婦になりまして～

文里荒城

ビーズログ文庫

イラスト／昌未

Contents

レイラ・クリフォード
ブリーダーの家で育てられた養女。人付き合いは苦手だが、動物をこよなく愛している。
クラウス・ウォルフ
実力から竜騎士団の団長に任命される。しかし、大の魔物（ドラゴン含む）嫌い。
アール
生後0歳の赤ちゃんドラゴン。クラウス（パパ）とレイラ（ママ）が大好き♥

◆◆◆ Character ◆◆◆◆ ワケあり竜騎士団で子育て始めました
～堅物団長となぜか夫婦になりまして～

アノン・カレンベルク

竜騎士団の副団長。
お調子者のまとめ役。

リッツ・レーベリッヒ

レーベリッヒ国第一王子で竜騎士団の設立者。レイラがお気に入りのようで……!?

ラルフ・バンジ

世界中を飛び回る魔物の研究者。魔物やドラゴンの話になるとよく喋るオタク気質。

一台の馬車が、山道を駆けていた。

二頭立ての馬車は、屋根や窓、扉のついたなかなか立派なものである。開けた窓から景色を眺めつつ、のんびりとした旅を送るのに相応しく見えた。

けれどその馬車は、乗っている者に景色を見せるつもりなどこれっぽっちもないようで、ただひたすらに速度を上げて、一心不乱に進むばかり。時折転がっていた石を踏み、車体を大きく揺らす。

「っ」

座席に腰を下ろしていたレイラ・クリフォードは、咄嗟に座席や窓枠を掴んでバランスを取った。少しでも気を抜けば舌を噛むか、イスから落ちてしまいそうだ。

「くそっ、王都は目の前だってのに！」

「魔物除けの術具がこんなところで切れるなんて……！」

ガタガタという馬車の音に混じって聞こえてくるのは、護衛の騎士達の声。

十七の小娘に護衛を三人もつけるなんて大袈裟だ、とレイラは思っていたが、もしいなかったら今頃どうなっていたことか。そう考えるとぞっとする。

（王都周辺では魔物の出没頻度が高まっていると聞いていましたが……）

「来るぞ！」

緊迫した声が響いた。

思わずレイラも、激しい風に靡くカーテンの隙間から顔を覗かせる。

木々を掻き分けるようにして姿を現したのは、闇色の獣だった。見た目は、犬や狼に似ている。

それらは十数匹の群れを成し、赤い瞳を光らせてレイラ達の乗る馬車を追ってきていた。

「あれは……」

「魔狼です。大きさはさほどではありませんが素早く動きます。鋭い牙に注意してください」

騎士の呟きに、即座に答えたのはレイラだ。

「魔犬と似ていますが、耳の形からしてそうかと」

「ありがとうございます。しかしクリフォード様、顔を出さないように。危ないですので」

「すみません」

騎士に声をかけられ、レイラは顔を引っ込めた。おとなしく、カーテンの隙間からことの成り行きを見守る。

「俺らで魔物を食い止めます。その間に王都まで向かってください！」

「は、はいぃ！」

御者が情けない声を上げている。

「よし、行くぞ！」

騎士達は腰や背中に下げていた武器を抜くと、魔狼に向けて馬を走らせた。訓練された馬達は、騎士の意思に逆らうことなく、群れへと飛び込んでいく。

レイラはその様子をハラハラと見守る。といっても注目するのは騎士ではなく、馬だ。つい目で追ってしまうのは、毎日のように動物の世話をしてきた育成者としての本能だろう。

だがやはりそこはさすがで、襲ってくる魔狼を、馬は華麗に避けていた。

「ハアッ！」

さらに騎士の振るった剣から氷の刃が飛び出し、魔狼数匹に襲いかかる。

あれが術具――風水火土、自然の四つの力を司る精霊の力を借りて作られた道具だ。

しかし魔狼も、そう易々と追い返される気はないようだ。自らも魔力による攻撃を繰り出し、騎士達を翻弄する。

魔物の魔力も、風水火土に分類される。目の前の魔狼の魔力属性は『土』だったらしい。

「あっ」

小ぶりの山が地面から次々と盛り上がり、騎士や馬を攻撃して行く手を阻む。しかもその山を足場に、魔狼達は騎士の頭上を飛び越え、馬車を追ってきた。

「魔狼数匹が追いかけてきています！　急いでください！」

「ひぃぃぃ！」

レイラに言われて、御者が馬を急かす。微かにだが速度が上がった。

(馬には随分と無理をさせてしまっていて申しわけないですね……。あとで彼らがどれだけ頑張ったのか報告しないと)

レイラがそんな心配をしているうちに、馬車は山を抜けて平地に飛び出した。

緑の原の向こうに、高くそびえる壁が見える。あそこがレーベリッヒ国の誇る城塞都市、王都ライベルだ。

ライベルは、魔物の侵入を防ぐ結界が張られているという。つまりその結界内に入りさえすれば助かるのだ。

あともう少し、という思いで、レイラの気が逸る。

その直後。

「きゃあああぁッ!?」

衝撃と共に、ぐるんと視界が、体が回転した。

「っぁ……!」

気づけばレイラは原に横たわっていた。打ちつけた体のあちこちが痛む。

薄く開いた視界の端に、カラカラと緩く車輪を回した馬車が転がっているのが見えた。

落ちていた大きな石に車輪が引っかかったのか、それとも魔狼達の攻撃が馬車の行く手を遮ったのか。

どちらにせよ、倒れた馬車からレイラが放り出された、その事実は変わらない。

(馬達は……!?)

馬車を引いていた馬の姿は、車体に隠れて見えない。怪我をしていないだろうか。脚の骨を折っていたら大変だ。早く手当てをしないと……。

反射的にそう思うレイラだが、低い唸り声が耳に届いて、ハッと顔を上げる。

魔狼達が、レイラを囲んでいた。鋭い歯を剝き出しにして、餌に飛びつかんと目を爛々と光らせている。残念ながら、言葉が通じる相手ではなさそうだ。

「うわああああ来るなあああ!」

馬車の方からは御者の叫ぶ声がした。レイラと同じように襲われかけているのだろう。

御者がどうかは知らないが――あの様子だと武器を持っていないと思われる――レイラは丸腰だ。襲われればひとたまりもない。

目を逸らした一瞬で、魔狼達はレイラに飛びかかってくるだろう。着々と近づいてくる死の恐怖に、瞬きすらできない。

「っ……」

震えた唇から、悲鳴の代わりに吐息が漏れる。

一匹の魔狼が身じろぐ。それを合図にしたかのように、魔狼達が一斉にレイラへ——

「や……ッ」

そのときだ。

突如、魔狼達が炎に包まれた。

「え……」

燃え盛る炎の轟々という音と、魔狼の甲高い悲鳴がこだまする。熱風が、レイラの頰や後頭部で一つにまとめた銀髪を撫でた。

呆然としているレイラの視界に影が過る。頭上だ。

慌てて上半身を起こし、空を見上げる。

青空に浮かんでいるのは、マグマのように紅い体躯だった。馬と馬車よりも巨大な体。その体を支えているのは、左右に開いた、さらに大きな翼である。羽毛はなく、形状は蝙蝠のそれに近い。

（あれは——！）

「カール……？」

レイラは大きく目を見開いた。

長い首がぐるりと向きを変え、馬車を見やる。立派な尾を揺らすと同時に方向転換。

口が開き、轟ッと炎が飛び出した。

「ぎゃあああ！　なんでドラゴンが⁉　ひいいいぃぃッ！」

炎は、御者を狙っていた魔狼に襲いかかった。魔狼達は熱さに吠え、呻き、地面を転がって体にまとわりつく火をどうにかしようと必死だ。

だが何匹かは炎から逃れていた。地面が大きく盛り上がり、それを足場にして四方八方からドラゴンに飛びかかる。

「危ない！」

数匹避けても、別の数匹に襲われるだろう。逃げ場のない攻撃に、レイラは声を上げる。

その瞬間、ドラゴンの背から刃のような光がいくつも飛び出した。背後から襲いかかったはずの魔狼が切り裂かれる。

そして前方の魔狼は、ドラゴンの炎に包まれた。

（誰か乗っている……？）

前後左右に囲まれた状況でも、敢えて避けようとはしなかった。そうせずとも自分の背中は相手が守ってくれると、互いを信頼しているかのようである。

ドラゴンも魔物の一種だ。そんなドラゴンと人間が信頼関係を築いているなんて……！

レイラが瞳を輝かせている間に、なんとか生き延びた魔狼達は、「キャインキャイン」と犬のようなか細い声を上げて、森へ向かって逃げていった。

魔狼達がいなくなると同時に、レイラは立ち上がり馬車へと駆け寄る。頭を押さえて蹲る御者に怪我はなさそうだった。

それよりも気になるのは馬達だ。

「大丈夫ですか？」

興奮して暴れる馬に蹴られそうになるのを寸でのところで避け、声をかけたり、撫でたりして落ち着かせる。思ったよりも早く馬達がおとなしくなったのは、性格なのか、こういった経験が何度かあるからなのか。なんであれ有難いことで、レイラは一頭ずつ怪我をしていないか確認する。

（一応問題はなさそうですが……）

目に見える外傷もなければ、立ち姿に不自然なところもない。

安堵していれば、視界の隅に、ドラゴンが降下してくるのが見えた。夕焼けのように鮮やかな深紅の体がぐんぐんと近づいてくる。

「おい、だいじょ……」

地面に降り立ったドラゴンの背から、誰か——男だ——が声をかけてきた。

「ひいぃっ！　もうお終いだあああ！　ドラゴンに食われるうううう！」

が、男の声は怯えて丸まっている御者に掻き消される。

「食ったりしないし襲いもしない。俺らは竜騎士団だ」

「来るなあああああ！」

「……」

混乱していて、男の話などまるで聞いていない。本来ドラゴンとは、そうやって人々から恐れられる存在なのだ。

対してレイラは、いつもは無表情なその顔をパァッと明るくさせると、静かに佇んでいるドラゴンへ走り寄り、その首に勢いよく抱き着いた。

「カール！」

紅い鱗に頬を擦り寄せる。瑞々しいかと思った鱗は硬く乾いていて、ざり、と微かな痛みを頬に残した。予想外の感触に顔を上げれば、鱗がところどころ剝げかけている。

また、首には革か何かで作られたらしい首輪があった。手綱と繫がっているわけでもない。個体を判別するためのものだろうか。

(……カールでは、ない……？)

改めて見上げたドラゴンの顔つきは、記憶のものとは違っていた。

(そうですよね。カールとは七年前のあれきりで……)

同じ種のドラゴンと出会うのは初めてだったこともあり、いつもは感情的ではないレイラのテンションも、無自覚におかしくなっていたようだ。

（しかし、それよりも）

別の違和感を覚えて、レイラはじっとドラゴンを眺める。

ドラゴンはレイラに一切反応せず、こちらを一瞥することもしない。赤い瞳は虚空を見つめるばかりで、何を考えているのか全く分からなかった。

体は温かいし、呼吸もしている。けれど表情一つ変えない姿に、生を感じられない。

「あの、ありがとうございました。貴方の名前は……」

「おい」

話しかけようとしたレイラは、背後から肩を掴まれて、ドラゴンに回していた手を無理やり引き剝がされた。

「何してる」

不機嫌そうに自分を見下ろしている黒髪の青年が、先ほどまでドラゴンに乗っていた竜騎士なのだと、レイラは思い至った。

背は高く、歳もレイラより上だろう。二十代前半、もしくは半ばといったところか。

自分を見つめる切れ長の金色の瞳に、レイラの目が吸い寄せられる。

（見覚えがある……？）

彼と会ったことがあるとかそういう意味ではない。思い出したのは、以前家に迷い込んできた野良猫の瞳だ。レイラがどれだけ優しく接しようとしても、猫は敵対心を向けてくるばかりだった。お前なぞ信用しない——そう無意識に訴えてくる、そんな瞳。

何故そのような目を向けられるのか分からず、自分の行動を思い返して、ハッとした。

「失礼しました。この子にお礼をと思ったのですが、喋る種でしょうか？」

「喋る？　何言ってるんだ？」

「……いえ、なんでもありません。忘れてください」

不審な顔をする彼に、レイラは「竜騎士様もありがとうございました」と頭を下げる。

「感動しました。魔狼の攻撃に即座に対処する冷静さと、まるで一心同体のような動き」

四方八方から襲いくる魔狼をあっさりと迎撃した姿は、彼らのこれまでの戦闘経験を物語っている。

「お二人の信頼関係が伝わってきました。まさか人間とドラゴンが共存していたとは——」

「誰がッ」

早口でまくし立てていたレイラだったが、不快そうに怒鳴られて小さく肩を揺らす。

「え……」

聞き返すが、彼も怒鳴った自分に驚いたようだった。

かといって謝罪もなく、彼は無言のままドラゴンの背に飛び乗る。手綱を引けば、ドラゴンは宙に舞い上がった。

「あ……」

レイラが引き止める間もなく、ドラゴンの姿は遠ざかっていく。森に向かう様子から、逃げた魔狼を追ったのか、護衛の騎士達の加勢に行ったのか。

「誰かあああ！　ドラゴンがあああああ！」

「もう行きましたよ」

未だに騒いでいる御者へ告げ、レイラは小さくなっていく彼らの姿を見つめ続ける。

「竜騎士団……」

震える御者とは対照的に、レイラは目をキラキラさせ、弾んだ声で呟いた。

レーベリッヒ国の王都ライベルは、周囲を山に囲まれた城塞都市だ。

壁より内側に入ると市街地が広がっていて、そこを抜けた中央、丘の上に鎮座しているのが、レーベリッヒの王城である。

「一年ぶりに来てもらったというのに、今日は大変だったね、レイラ」

客間でレイラとテーブルを挟んで向かいに座る青年が、髪と同じ金色の柳眉を微かに下げて言った。

リッツ・レーベリッツヒ。レーベリッツヒ国の第一王子であり、レイラを王都に呼んだ張本人である。

レイラがリッツと顔見知りなのは、クリフォード家が代々ブリーダーを生業としていたため、王家の馬の世話をすることも多かったからだ。レイラはリッツの愛馬の担当で、様子を見に来ることが今回の仕事である。

「まさか魔狼に遭遇するとは思いませんでした。逃げる際に馬にも随分と無理をさせてしまって……」

「先ほど、特に怪我はないと報告があった。安心してほしい」

「よかった……」

ほっ、とレイラは胸を撫で下ろす。

竜騎士とドラゴンに助けられてすぐ、レイラ達のところには城から迎えが来た。無事に登城し、少し休憩を挟んで先ほどまでバルドの相手をしていたのだが、その間もずっとレイラは頑張ってくれた馬達が心配だったのだ。

安心すると、途端に喉が渇きを訴えてきた。用意してもらった紅茶を啜る。

「魔物に襲われても、馬達はすぐに落ち着きを取り戻しましたし、バルドの毛並みもよく整えられていて……王城の馬丁の方は優秀なのですね」

「ありがとう。けれど一人辞めることになってしまってね。よければレイラ、君を世話係として雇いたいくらいだ」

「光栄です」

「冗談ではなく、結構本気なんだけれどね？　レイラが望むのなら他の仕事でも」

長い足を組み、翠の目を柔らかく細めてリッツが笑う。

今日レイラを呼んだのも、もしかするとこの話をするためだったのかもしれない。

そんなリッツの真意を汲んで、レイラも微かな笑みを返す。

「そこまで仰っていただけて、本当に有難く思います。が……私は年に一度、こうやって様子を見に来るくらいがちょうどいいので」

正直な話をすると、馬の世話や、バルドに会うのは嫌ではない。むしろ単純に様子を見に来るだけなら、頻度はもっと高くたっていい。

それなのにレイラが拒否をしたのは、城で暮らすことによって生じる人間関係を考えてだった。城で暮らすことになれば、リッツを始め、たくさんの人とかかわることになるだろう。人付き合いが苦手な身としては、クリフォード家で動物に囲まれながらその世話をする生活を選んでしまう。

「そうか、残念だ」

「すみません」

「ではせっかくの年に一度の機会だ。今日くらいはゆっくり話をさせてくれ」

リッツの愛馬を担当する前から、レイラは養父母と共に何度かレーベリッヒ城に登城していた。そのためレイラとリッツは、会う回数こそ少ないとはいえ、五年以上の付き合いがある。さらにリッツは、レイラの腕を買ってくれているようで、馬の面倒を見に来る以外でも、こうやって交流を持ちたがった。

次期国王として様々な者と接することを心掛けているのだろう。本来であれば対面で会話をすることも叶わない立場の人なのだ。リッツのその姿勢に、レイラは純粋に感心していた。

「それにしても、レイラの乗る馬車が魔物に襲われたと知ったときは、私も気が気ではなかったよ。護衛の騎士から術具で連絡を受けて、ウォルフ団長がすぐに向かってくれてよかった」

「団長……？」

「君を助けに行ってくれた、竜騎士団の団長だ。クラウス・ウォルフ。会っただろう？」

リッツに言われて、黒髪の青年の姿がレイラの脳裏に甦る。自分を見下ろす金色の瞳も。

「突然ドラゴンが現れて、さすがの君も驚いたかな？」

「はい。まさか竜騎士団が設立されていたなんて」

竜騎士団は、最近頻繁に出没する魔物に対抗(たいこう)するためリッツによってつくられた、魔物専門の討伐(とうばつ)部隊だという。そして魔物に対抗できるのは魔物だと、魔物の中でも強く、最強とも呼ばれているドラゴンが、相棒として選ばれたということだった。

「ドラゴンは人間に恐れられているはずなのに」

「安心してくれ。彼らは絶対に人を襲わない。何故なら——」

「王都でそれほどまでにドラゴンと人の間に信頼関係が生まれていたなんて、私、嬉(うれ)しかったです」

無意識にレイラの頰が緩む。

「やっぱりドラゴンと人間は分かり合えるはずなんです。一体いつからですか？　どんな方法で？　竜騎士団ということは、あの火竜以外にもいるということですよね⁉　私火竜以外とはまだ会ったことがなくて。個人的には水竜が泳いでいるところが見たいのですが、ここには何頭ほど——」

つい興奮してしまい、矢継ぎ早(やつぎばや)にそこまで口にしたレイラは、リッツがぽかんとした表情で自分を見ていることに気づいて、我に返った。

「す、すみません……」

「いや……」

目を丸くしていたリッツは、すぐにくすくすと笑い出す。

「いつも冷静な君のそんな楽しそうな顔、初めて見たよ。ドラゴンに興味が？」

「はい」

「そうだったのか」

魔物は人間を襲う。ドラゴンだって例外ではない。むしろあの大きな体軀で宙から襲ってくるドラゴンは、どんな魔物より脅威だ。だからこそドラゴンに好意的な感情を抱く自分のような者が少数派だということは理解しており、レイラはそれを誰かに話したことはなかった。

「そんなに興味があるならすぐに訊いてくれてよかったのに」

「仕事として来ている以上、個人的な感情は不要ですし……」

「本当に君は、そういうところが真面目だね。私と君の仲だろう？」

「ありがとうございます。……実はずっと、気になっていました」

「ちなみに、ドラゴンについての知識は？」

「それなりに調べたりはしていましたが、専門家の方には到底及びません」

「ということは、少なくとも私よりは詳しいだろうね」

リッツは顎に指を添え「ふむ」と小さく唸った。

「レイラ、もしよければ私達に助言をくれないだろうか？」

真っ直ぐにレイラを見つめて、リッツが言った。今までの柔らかな雰囲気とは一変した、真剣な瞳と口調である。

それはまさに、竜騎士団を設立したこの国の後継者としての顔だった。

そのためレイラも、ブリーダーとしての表情で強く頷く。

「私でよければ」


その後リッツに案内されたドラゴン達の厩舎を見て、レイラは絶句するしかなかった。

「まさか……馬用ですか⁉」

「まずかっただろうか？」

「当然です！」

相手が王子であることも忘れて叫んだレイラは、飛び込むようにして厩舎に入る。

途端に鼻をつく、ツンとした臭い。獣と汚物臭の入り混じったそれは、ここが換気もされておらず、掃除も行き届いていない何よりの証拠だ。しかも――。

「っ……」

一つ一つ区切られた柵の中に、ドラゴンが一頭ずつ押し込められていた。馬用と考えれば広い造りではあるが、ドラゴン相手には身動きを一切許さないほどの狭さである。

苦々しい思いで、レイラは厩舎内を見回す。

汚さも、狭さも、想像以上だ。

しかし何より目が離せないのは、ドラゴン達の虚ろな表情だった。敷き詰められた藁の中に座り込む彼らは、レイラが入ってきても、目線すら寄こさない。

（これは……）

首にはそれぞれ首輪がある。団長と共に自分を助けてくれた火竜が着けていたものと、色や形状が同じだ。ということは、ドラゴン達の個体を判別するためのものではないということである。

「殿下、陛下がお呼びです」

と、背後から声がした。見れば、兵士が入り口に立っている。

中まで入ってこようとしないのは、まずはリッツの許可が必要だからだろうか。それともドラゴンを恐れているからか。なんとなくレイラは、後者ではないかと思った。兵士の表情が一瞬、嫌悪に歪んだように見えたからだ。

「来客中だ。あとで……」

「いいえ、リッツ様。行ってください。わざわざ呼び出すということは急ぎの用でしょうし。私はここでお待ちしておりますので」

自分なんかのためにリッツの仕事を妨げるわけにはいかない。

それに——冷静になるためにも、レイラは一人になりたかった。今まで自分を買ってくれていた彼に、一体これはどういうことだと詰め寄るような真似をしたくない。

リッツは何か言いたげだったが、結局は兵士と共に、一旦厩舎をあとにした。

不自然なほど静かな厩舎には、レイラと、身じろぎ一つしないドラゴン達が残される。

（この状況もひどいですが……一体どうして、彼らはこんなにおとなしいのでしょう……？）

四肢を拘束されているわけではない。魔力で屋根や壁を突き破って外に出ることだって可能なはずだ。

レイラはゆっくりと、近くのドラゴンの元へ向かった。柵越しに一頭を見つめる。

蒼みがかった体は、魔力属性が水である証。水竜である。特徴は魚のような鱗と、足の指の間にある水かきだ。

視線を下に向けたレイラは、水竜の爪が異様に伸びているのを見て、眉間に皺を寄せる。

動物は基本、地面を駆け回ることで爪も自然な長さになる。その理屈は恐らく魔物も同じだろう。それなのにここまで伸びきっているということは、満足に外へ出されていないと考えられる。

鱗も乾いてボロボロだった。栄養が摂れていない証拠だ。

（あの火竜も……）

頬ずりをした際の感触を思い出し、レイラは唇を噛む。あのときに気づいていれば……。

ふとレイラの視線が首輪に集中した。革に何か文字のようなものが刻まれている。

名前だろうか。読もうとして、その正体に思い当たった。

（まさか）

「誰だ」

聞き覚えのある低い声に、レイラは勢いよく振り返る。

火竜の手綱を引いて厩舎に入ってきたのは、クラウス・ウォルフだった。

「お前、さっきの」

「お邪魔（じゃま）しております。突然で申しわけないのですが、ドラゴン達に着けられている首輪は、まさか術具ではありませんよね？」

淡々（たんたん）とした口調で尋（たず）ねたが、レイラの内心は決して冷静ではなかった。むしろ自分の考えが外れていてほしいと願うが故（ゆえ）に、クラウスに向ける瞳は強く鋭い。

いきなりの質問に、彼の端正（たんせい）な顔が訝（いぶか）しげなものになる。

「それがどうした」

「っ……」

予想内の、けれどそうであってほしくはなかった答えがクラウスから返ってきて、レイラは硬直する。

　ドラゴン達に着けられている術具は、恐らく自我を奪うとかそういう類のものだ。火竜の目を見たときに覚えた違和感の理由をやっと理解できた。

　声も上げず、表情も変えず、ひたすら人間に従うだけ。それはただの都合のいい道具だ。

　レイラが何も言えずにいる間に、クラウスは火竜を柵の中に入れようとした。

　咄嗟にレイラは駆け寄ると、腕を掴んで彼を止める。

「なんだ」

「貴方は、竜騎士団の団長なのですよね？」

「それが？」

「ではこの状況を、なんとも思わないのですか？」

　クラウスは不機嫌そうな、鬱陶しそうな表情を浮かべる。ドラゴン達と厩舎内を一瞥し、小さく鼻を鳴らした。

「はっ、別に」

　抑揚のない一言に、レイラはショックを受けるばかりだ。

「放せ」

　クラウスはレイラの手を振り解こうとした。

　このままでは、火竜はあの狭い空間に押し込められてしまう。反射的にレイラは、クラウスの腕にしがみついた。

「放せ。さっきからなんなんだお前は」

「術具を外してください！」

「はあ⁉　馬鹿言え！　そんなことしたらどうなるか分かってるのか⁉」

「貴方こそ、自分が何をしているか分かっているんですか⁉」

例えば、噛みつかないようにと動物に口輪をはめることはある。けれど、それはあくまで状況に応じた一時的なものだ。術具だって、場合によっては必要なこともあるだろう。

だがそれを、人間の一方的な都合で慢性的に使うことは間違っている、とレイラは思う。

それらを使わなくていいように、信頼関係を築いていく。飼育とはそういうものではないのだろうか。

レイラが女性だからと、今までは力を加減していたらしい。けれどさすがに苛立ったのか、乱暴に振り解かれてしまう。

「魔物だぞ⁉　術具を外したら何されるか分かったもんじゃねえんだ、こんなヤツら！」

ふらついたレイラに目もくれず、クラウスが怒鳴った。

瞬間、カッ、とレイラの頭に血が上る。

いい関係を築いているのだと思って喜んだからこそ、この現状はレイラにとって裏切りだった。ドラゴンが、生きているものが、こんな扱いを受けていいものか。

しかも本来であればドラゴンをまとめるべき存在の、彼の言い草にも腹が立つ。

気づけばレイラは、クラウスの頬を引っ叩いていた。

パシンッ、という小気味いい音が、妙に静かな厩舎の中に響き渡る。

「なっ……は……？」

驚いたように、クラウスがレイラを見やる。

レイラもレイラで、内心驚愕していた。

レイラは、普段感情を表に出さない。それは性格でもあるし、何より、動物は人の感情を読み取ることに長けている。言葉が通じないからこそ、些細なことで動物達に心配をかけないよう心掛けていた。

だからこそ、今の自分の衝動的な行動が信じられなかった。

「あ、えっと……」

半ば混乱状態で、レイラは後退る。

と、何かが足にぶつかった。

クラウスから逃げるように、レイラは視線を床に落とす。

──足元に、人間の赤子ほどの大きさの卵があった。

「え？　……えッ⁉」

想定外のことに頭が真っ白になる。

「だ、団長！　これはまさか、ドラゴンの卵ですか……⁉」

「は？」

彼からすれば理不尽に叩かれたのだ。聞き返す声は怒気で荒い。

が、レイラの指差すものを無視はできなかったようだ。

「……はぁ⁉」

「こんなところに無造作に……⁉」

「違う！　ちゃんと隅の方に置いていた！」

そう言われて思い返せば、確かにさっきまで足元にはなかったはずだ。

不意に卵が左右に揺れた。ゆっくりとだが一回転して、軽く移動する。まるで中にいるものが、声を頼りにレイラとクラウスの元へやって来ているような――。

「どういうことだ？　勝手に……」

クラウスが呟いたのを合図にしたように、卵の表面にヒビが入った。

「……ます」

「え？」

「産まれます！」

最初クラウスは、レイラが何を言っているのか理解できなかったらしい。だが目の前で卵のヒビが広がって大きくなり、内側から押されて割れるのを見て、ぎょっとしたような顔になる。

「嘘だろ……!?」

割れたところから卵膜が覗く。さらにぴょこんと、可愛らしい手も見えていた。器用に卵膜を破り、一度引っ込めたかと思ったら。

「ピィ」

小さな頭がひょっこりと出てきた。

赤茶色のつぶらな瞳が、交互にレイラとクラウスを見上げる。

「まじで……産まれやがった……」

クラウスが呆然と呟く。

子竜はもぞもぞと、卵の中から出てくる。

卵は人間の新生児ほどの大きさだったが、そこから産まれてきた子竜は、さらにひとまわりほど小さかった。

首の長い成竜とは対照的に、子竜の首は胴体と一体化したようにほとんどない。手足も短かった。お腹など体は全体的に丸く、折りたたまれた翼はこれから成長していくのだろう、飛ぶには不釣り合いに小さい。

（真っ白……産まれたてだからでしょうか）

ドラゴンは魔力属性によって見た目が変化する。鱗の色は特に顕著だ。

火竜であれば紅色、水竜であれば蒼に近い色、土竜であれば茶色、風竜であれば薄い緑色、といった具合である。

また、魔物の瞳は本来赤いはずだ。しかし子竜の目は赤には近いものの茶色である。

産まれたてでまだ魔力があまりなく、見た目に反映されていないのだろうか……？

子竜はレイラとクラウスを見ると、「ピィ」と鳴いて、えっちらおっちらと近寄ってきた。が、途中で止まってしまい、こてんと寝転がってしまう。

「……死んだか……？」

「違います！　出てきたばかりで疲れているんです」

その証拠に、上下に動くお腹の動きは規則的だし、きゅるんとした目は相変わらずレイラとクラウスを見つめている。

目の前で産まれた命に、ジン、とレイラの胸が熱くなった。

しかしすぐに、現実を思い出す。

飼育や世話とも呼べない管理下に置かれ、自我を奪われて道具として扱われているドラゴン達。まだ産まれたてのこの子が同じような目に遭うところを想像すると、それだけで息の詰まる思いだ。

（そんなこと、させたくない。——させない）

壊れてしまいそうに小さくて温かな体を、レイラは抱き上げた。

「ピィ？」

「レイラ？　ウォルフ団長？」

そこに、用を済ませたらしいリッツが戻ってきた。呆然としたように突っ立ったままのクラウスと、レイラを不思議に思ったらしい。

緩慢（かんまん）な動きで、レイラはリッツを振り返る。

「つい今しがた卵が孵（かえ）りまして」

「ドラゴンの……!?　ではその子が」

「はい」

頷いたレイラは、真っ直ぐな瞳をリッツに向ける。

「リッツ様、先ほどの話はまだ有効でしょうか？」

「さっき？　というと？」

「世話係の話です」

「もちろんさ。私はレイラがライベルにいてくれると嬉しいけれど」

「では、」

レイラはクラウスを一瞥する。いや、睨（にら）みつける。

いくら口頭でやり方を変えろといっても、本人達にその気がないのであれば意味はない。

であれば、自分が率先（そっせん）して変えていくしかないのだ。

「私を雇っていただけないでしょうか？　竜騎士団の――ドラゴン達の世話係として！」

レイラの発言に、クラウスが目を見開く。だがすぐに、嫌悪を宿した瞳でレイラを睨み返してきた。

これだけ騒いだというのに、子竜以外のドラゴンは、レイラ達をちらりと見ることもない。ただ生きているだけの置物として、その場に鎮座するだけだった。

件（くだん）の卵は、以前魔物討伐に出かけた際、たまたま見つけたものなのだという。

竜騎士団のドラゴンとして育てるために持ち帰ったまではよかったのだが、王都にドラゴンについて詳しい者はおらず――正確には魔物の研究者がいるらしいのだが、その人は研究のためにあちこちの街や国を飛び回って留守にしていることが多いらしい――ひとまず、厩舎に置いていたとのことだった。

厩舎でさえあの状態なのだから、無論卵の面倒を見ていた者はおらず、今回無事に孵ったのは運がよかったとしか言いようがない。

（例えば鳥の卵などは、定期的に転がして一定の温度で温めることが必要ですが、ドラゴンはそういったことを必要としない、ということなのでしょうか）

魔物は、魔物同士で喰らい合うことも多い。どれだけ過酷な環境でも生き残れるように、なのかもしれない。

——そんなことを、隣で眠る子竜を眺めながら、レイラは考える。

あれから、レイラ達は場所を騎士館へ変えた。城よりも、ここの方が近かったからだ。

客室のソファーにレイラは子竜と並び、テーブルを挟んだ向かいにはクラウスとリッツが座っている。

「一度断った手前、図々しいとも思うのですが。もちろんドラゴンだけではなく、時間の許す限り馬達の世話も担当します」

「もしそうしてくれるのなら有難いよ。どれだけ優秀な者がいたとしても、人手が足りないのはどうしようもなかったからね」

「ありがとうございます」

「……本気か？」

レイラとリッツの会話を静かに聞いていたクラウスが、そこで初めて口を開いた。

その頬には、先ほどレイラに叩かれた手形が赤い痕になっていて、レイラは多少の申しわけなさを覚えた。……かといって謝るつもりもないのだが。

「ウォルフ団長は、ドラゴン達の世話係は必要ないと？」

「今のままでも充分かと」

「どこがですか」

腕を組んでふんぞり返っているクラウスに、レイラは鋭く言い返す。

「掃除も、食事も、体調管理も、何もかもできていないではないですか。あれでは虐待です。これ以上貴方方にドラゴン達を任せられません。それに私がいた方が、皆様の仕事も減ってよいのではないでしょうか？」

自分を雇うことのメリットを、レイラはつらつらと並べる。

話を聞いているリッツも「確かに」と納得した様子だった。

だがクラウスの顔には、ありありと不機嫌の色が浮かんでいる。

「私では力不足でしょうか？」

「……そもそも俺は、魔物に肩入れするようなヤツを信用できない」

きっぱりとした口調と共に向けられる金色の瞳。最初に会ったとき、憎まれているようにさえ感じた。きっとそれは間違っていなかったのだろう。

ドラゴンに抱き着いたレイラを見た彼は、レイラは信用するに値しないと、あのときから思っていたに違いない。

「人間を襲うヤツらの味方をするなんて、随分と物好きだな」

「そんな相手を竜騎士団の相棒として選んでいる貴方方は？」

「相棒？　笑わせるな。使い勝手がいいだけだ。いらなくなれば処分すればいいしな」

あまりの言い草に、レイラは膝の上の拳を握り締めた。テーブルを挟んでいなければ、クラウスのもう片方の頬も赤くしていたかもしれない。

「人の意思で勝手に連れて来て、勝手で殺すんですか？　随分と自己中心的では？」

「勝手なのは魔物だろ」

「魔物が私達を襲うのは、彼らが肉食であり、私達が捕食対象だからです。生きるために殺す彼らにとっては自然の摂理です。それを身勝手に利用するなんて、魔物以下では？」

「っんだと⁉　じゃあおとなしく食われろって言うのか⁉」

「そこまでは言っていません！　ただ共存できるのであれば無駄な争いをしなくて済むということです」

「お気楽だな。それができなかったから、あの術具があるんだろうが」

クラウスは苦々しく吐き捨て、レイラを睨み返した。

「レイラ。ウォルフ団長」

言外に「やめろ」とリッツに窘められて、レイラとクラウスはわざとらしく顔を背ける。

「……リッツ様、私が世話係になった際には、あの術具の取り外しを要求します」

「はあ⁉」

クラウスが素っ頓狂な声を上げる。レイラはそんな彼を無視して、リッツを見つめた。

「というより、あの術具は一体誰が作ったものですか？　あんな……」

「私だよ、レイラ。私が城の術師に頼んで作らせた」

淡々と、リッツが答える。

「慢性的な使い方も、リッツ様が望んだことなのでしょうか？」

「……直接は命じていない。ただ、使い方を知っていて見逃していたことは、事実だ」

竜騎士団を設立したのがリッツであるという時点で、リッツがかかわっていないわけがなかった。頭では理解していたのだが、改めて本人の口から聞かされると、失望の気持ちが湧いてくる。

それでも包み隠さず素直に話してくれた。そのため今は手打ちということにする。

（ではこの国には……ドラゴンに友好的な者はいないのですね……）

もちろん例外はいるにはいるだろうが、ほとんどの者はドラゴンを恐れ、嫌っている。

御者や、厩舎に来た兵士の態度がその証だ。

「一緒に暮らしていけると思ったのに……」

「誰がそんなこと望むんだよ」

クラウスの独り言は、この国だけではなく、他国の者の大多数の意見でもあるだろう。

（けれどそれは、ドラゴンのことを知らないから）

「そもそもそんなこと無理に決まってるだろうが」

「いいえ、できます。かつて人間とドラゴンは共存していたんです。私はそう聞きました」

「誰からだよ」

「ドラゴンです」

レイラの返事に、クラウスだけではなくリッツでさえも、不可解そうな目を向けてくる。

「私は、すべての魔物と共存できると思っているわけではありません。もちろんそれができれば一番いいのでしょうが、生態系を考えるに不可能です。ですが、ドラゴンとは分かり合えます。私は、それを直接ドラゴンに聞いたんです。その子は、人語を話す種でした」

脳裏を過るのは、七年ほど前の思い出。時が経つにつれぼんやりする部分もあるものの、あれは決して夢ではなかった。

「昔、私はその子に助けられました。そして仲良くなり、色々な話を聞きました。あの子は人間と共に生きてきた、と。誤解が生じて離れることになったそうですが、またあのときのようになれば……そう言っていたんです。他の魔物は分かりませんが、ドラゴンと人間は共存してきた過去がある。だからきっと、またできるはずなんです」

「そう言うなら、今すぐそいつを連れて来いよ」

「……私だって、会えるものなら会いたいです」

そう言ってレイラは唇を噛む。室内には沈黙(ちんもく)が満ちた。

「——そうか。だから君は、竜騎士団の話を聞いたとき、あんなに喜んでいたのか。期待を裏切って、すまなかった」

不意にリッツがそれを破った。しかもレイラを馬鹿にするでもなく、心底申しわけなさそうな表情で。

「殿下、信じるんですか⁉　そんな与太話(よたばなし)……」

「レイラは嘘をつくような人ではない。それは私が一番よく分かっている」

「リッツ様……」

もちろんレイラは真実しか伝えていない。それでも自分の体験が奇抜(きばつ)なものだという自覚はある。信じてもらえなくても仕方がないとさえ思っていた。それなのに……。

「もしレイラの言う通り、ドラゴンが私達に協力してくれるのであれば、それは願ってもないことだ。今からでも可能だろうか？」

「はい！　可能です！　可能にしてみせます！」

レイラの表情が綻(ほころ)ぶ。何度も力強く頷いた。

「……ふん」

微笑(ほほえ)むリッツの隣では、クラウスが苛立たしげに眉間に皺を刻んでいた。

諦(あきら)めた——というより、どうでもいい、という思考に切(き)り替(か)えたのだろう。

「リッツ様、術具を外すこと以外に、もう一つ」

「何かな？」

「ドラゴンは空を自由に駆ける生き物です。ドラゴン用の敷地を用意してください」

「厩舎ではダメだと？」

「はい。馬も、狭い中にずっと閉じ込めてはおきません。それと同じです。そして厩舎を用意するのであれば、今より何倍も大きなものをお願いします」

顎に手を当てたリッツは、考えるように、ふむ、と小さく唸った。

「敷地にはできれば、水浴びのできるような設備があればなお有難いです。水竜は定期的に水浴びが必要なので。あの様子では行われていないのでは？」

答えを求めるように、レイラはクラウスを見た。クラウスは唇をへの字に曲げたまま視線を逸らす。否定しないということは、レイラの言う通りなのだろう。

「彼らがいつからいるのかは知りませんが、悠長にしている場合でもないと思われます」

処分を前提としているのであれば、今のままでもいいのかもしれない。だがレイラが世話をするからには、術具を外すこと、敷地を用意することは絶対条件である。

「……分かった。ではこうしよう。厩舎は造らない。代わりに城の裏にある人工森の一部を、ドラゴン用に開放する。湖もあったはずだ」

「なっ……いいんですか？」

驚いたように口を挟むクラウスに、リッツは頷く。

「ちょうどいい場所があそこしかないだろう。父と母には私から伝えておく」

「有難く存じます」

「ドラゴン達が暮らす範囲には結界を張ることになるが、それはいいかな？　その中ならドラゴン達の術具を外してくれて構わない」

「はい！」

まさしくレイラの望んでいたことだった。応える声がつい大きくなる。

「ピィ……ピィィィ！」

レイラの声で、睡眠を邪魔されたのだろう。子竜が泣き出した。

「すみません、起こしてしまいましたね」

「ピィィィ！」

「うるさい。黙らせろ」

顔を歪め、クラウスが吐き捨てる。

それにレイラはムッとするが、今はクラウスよりも子竜が優先だ。ピィピィ声を上げている子竜を横抱きにすると、顔を覗き込みながらゆら、ゆら、と動かす。あやせば、子竜はどこか嬉しそうにレイラを見上げてきた。

「ピィ！」

「レイラに懐いているようだね。ドラゴンの子どもの世話の経験は？」

「いえ、さすがにそれはなくて……ですがこの子の世話もお任せください」

「では決まりだ。ご両親には、私から手紙を送ろう。レイラからの説明も頼む」

「分かりました」

「ピィィ……」

しかめっ面で子竜が顔を両手で擦る。まだ眠いのだろう。

「そろそろその子も、静かなところで寝たいだろう。もう部屋自体は城に準備させた。人を寄こすから、先に帰っているといい」

「何から何まで……恐れ入ります。本当に、ありがとうございます」

頼まれたわけでもなく、レイラ自らが言い出したことなのに。あまりにも待遇をよくしてもらえて、恐縮のあまりレイラは肩を縮こまらせた。

——それから、レイラは城の一室に案内された。

ベッドに子竜を寝かせ、上下する丸いお腹を、ぽんぽんと緩く叩く。

するとぎゅっと指を握られて、思わず破願してしまった。

（ドラゴン達の現状は……許せません。けれどそれは、誤解や、無知から起こってしまったこと。これから変わっていくのであれば、きっと）

そのためなら苦手な人付き合いだってなんとかしてみせる。

（ここがドラゴンと共存のできる国になれば、また、貴方に会えるでしょうか。カール）

幼い頃に出会った火竜の姿を思い返しながら、レイラは子竜の寝顔を眺めるのだった。


リッツが手配した兵士に、城へと案内されるレイラの背中を見送ったあと。

「殿下、本当にそこまでする価値があるんですか？」

客室に残されたクラウスは、苦々しげにリッツへ尋ねる。

百歩譲って、レイラがドラゴン達の世話をするのはいい。だがまさか、城の裏にある人工森を使ってまでとは思っていなかったのだ。

「それで竜騎士団が存続できるなら充分だと私は思っているけれど。ウォルフ団長は違うのかい？」

「術具なしで魔物を支配下になんかおけるはずがありません。人語を話すドラゴンだなんて……あんな夢物語、本当に信じてるんですか？」

「信じる、信じないではなくて、彼女が結果を残してくれるのであればそれでいいんだよ」

そう言って、リッツは柔和な笑みをクラウスへと向ける。優しげであるはずなのに有無を言わせない雰囲気を感じて、クラウスは押し黙った。

「君は魔物を憎んでいるかもしれないが、空中での戦闘が可能になる、それだけでも竜騎士団に価値があることは、よく分かっているだろう？」

「それは……まあ……」

「ドラゴンを使役しているという事実で他国への牽制にもなるしね。それに、魔物討伐に有利であることを理解しているから、君だって竜騎士団団長の職を受け入れたんだろうに」

　全くもってその通りで、クラウスはぐうの音も出ない。

「術具はあってもなくても、私は正直構わない。けれど作るのには時間がかかって、増産も難しい。だから竜騎士団と言いつつ、まだ人数は数えるほどだ」

　術具が六個しかないため、必然的にドラゴンも六頭しか用意できなかった。

「術具なしでドラゴンを使役できるのなら、願ったり叶ったりというものだ。だから使える手はなんだって使う。その上で無理なのであれば、今まで通りでいい。……レイラには悪いけれどね」

　リッツも、レイラがドラゴンを懐柔できるとは思っていないようだった。成功すれば御の字。失敗すれば、今まで通り使い捨てればいい、と。

──レイラは気づいているのだろうか。あの術具は、ドラゴンの魔力を利用している。要は、あの術具を使えば使うほど、ドラゴン達の寿命が縮まるということだ。

(殿下の思惑を知ったら、俺と同じように引っ叩くのかね)

果たしてレイラは、リッツの考えをどこまで理解しているのやら。

そんなことを考えて、けれどすぐに自分には関係ない話だと、クラウスはリッツに頷いた。

翌朝、レイラは子竜を抱いて騎士館の廊下を歩いていた。

(確かここのはず)

「ピ?」

扉の前で足を止めれば、腕の中にいた子竜が小首を傾げて見上げてくる。

「団長の部屋ですよ。尋ねたいことがあるんです」

扉をノックすれば、中で人の動く気配がした。扉が開く。

「誰だ」

「レイラ・クリフォードです、団長」

顔を覗かせたクラウスは、レイラがここにいることに驚いた表情をする。

「ピィ！」

だが子竜の姿を確認した途端、目に見えて嫌そうに顔を歪めた。

「なんの用だ」

「ドラゴン達の食事について確認をと思いまして」

レイラは日の昇る前からずっと、ドラゴンの厩舎を掃除していた。一体どれだけ放置していたのか汚れは頑なで、先ほどやっとある程度綺麗にし終えたところである。

そして次に行うことといえば彼らの食事だった。ドラゴン達が何を食べるのかは、知識としてはある程度知っている。が、もし何か決まりごとや、ドラゴン各種の好みがあるのであれば、先に共有したいと思ったのだ。

というわけで、兵士達にクラウスの部屋の場所を聞き、やって来たわけなのだが。

「知らん」

クラウスはにべもなく告げた。

「……まさか、食事すら与えていなかった、というわけではないですよね？」

「必要最低限は与えていたはずだ。が、それは他の騎士の担当だ。俺に聞かれても困る」

「……そうですか」

正直、クラウスの返答は予想していたものではあった。

「ではその騎士の方の名前を教えてください。あとドラゴン達の名前も」

「食事についてはアノン・カレンベルクに訊け。ドラゴンの名前は、手前から番号順だ」

「番号？」

　名前とは、個を区別するために付けるものではある。だが関心も意味もなく付けられた、判別のためだけの呼び方は、あまりにも不当な扱いである。

「いくらなんでもそれは……」

「文句があるならお前が付けろ。世話係なんだろ？」

「っ……分かりました」

「俺はもう行く」

　レイラを押しのけるようにして、クラウスが廊下に出てきた。

　レイラはなんとも言えない気持ちで、背を向けたクラウスの紅いマントを目で追う。腕の中の子竜も同じだ。

　と、次の瞬間。

「ピ！」

　揺れるマントの端を、子竜がしっかと摑んだ。

「は？」

「ピィ！」

ぐい、と引っ張られて、クラウスが仰け反る。そんなクラウスに、子竜は何故か楽しそうに鳴くばかりだ。

「ッ、放せ！」

「ピィィ！」

「ダメですよ、おもちゃじゃないんです」

クラウスは荒い動作で子竜からマントを引っ張り返す。レイラも子竜の手からマントを放させようとした。

しかし子竜は全く言うことを聞かず、逆らうようにイヤイヤと首を横に振る。

「ピィッ！」

「え？」

ぴょん、とレイラの腕から子竜が飛んだ――というより、ジャンプした。

基本的に抱かれている間はおとなしかった子竜がそんなことをするとは思わず、レイラの対処が一拍遅れた。

宙を舞った子竜は、クラウスの背中にべったりと張りつく。

ぎゃっ、とクラウスの悲鳴が聞こえてきた。

「なっ、このっ、失せろ！」

「ピィィィ」

クラウスは子竜を引き剝がそうと手を伸ばすが、絶妙な位置でなかなか届かない。

「ほら、こっちにおいで」

「ビイイィィ！」

「いてててて！」

子竜は、クラウスの襟足を摑んでいた。レイラが子竜を抱き寄せようとすれば、必然的に髪も引っ張られてしまい、クラウスが叫ぶ。

「痛えだろうが！」

「ピィ！　ピィイ、ピィ！」

「一体どうしたのですか？」

子竜は何かを訴えているようだが、さすがに分からない。

「早くどうにかしろ！　たたっ斬るぞ！」

「子ども相手にやめてください！」

「子どもだろうが魔物は魔物だ！」

決して冗談で言っているわけではないだろう。レイラはなんとかクラウスの髪を放させて、次は逃げられないようにと子竜を抱く腕に力をこめた。

「ぶぅ」

どうしてか、子竜は不服そうだ。

（遊んでほしかった……？　しかし他の方にはそんな反応見せなかったのに）

城には従者やメイドがいたし、ここに来るまでにも兵士や騎士とすれ違った。レイラ以外の人間の姿を見かけるたびに、子竜は隠れるようにレイラにしがみつくのだ。なのでこの子は人見知りらしいと思っていたのだが……。

「次はないからな」

切れ長の目が、レイラと子竜を冷たくねめつける。

そして彼は足早に行ってしまった。

「ピ……」

クラウスを追いかけようとするかのように、子竜は短い腕を伸ばす。

そんな子竜を、レイラはしばらくの間見つめていた。


世話係になって一日目は、ほぼ厩舎内の掃除で終わってしまった。

そのためドラゴンの様子を見るのは翌日からとなり、レイラは朝食を与えたあと、一頭一頭の体をくまなく調べ、必要な処置を思案していた。

（栄養はこれからの食事で補うとして、まずは体の汚れを落とさなければ）

ドラゴンに与えられていた食事は、一律で生肉だった。残飯なんかを与えられていたらどうしようかと不安だったので、少しだけ安心した。

それでも、量が足りていたのかなどは分からない。何せドラゴン達は、食えと命令されて従うだけだったのだ。

まずは手前の火竜から、レイラはお世話を始める。

用意していたぬるま湯で火竜の体を流し、汚れを拭いていく。剝がれかけの鱗に気を遣うので、意外と神経を削った。ボロボロの鱗が、これから元に戻ることを願うばかりだ。馬よりも大きな体は、綺麗にするだけで一苦労だった。同時に傷がないかの確認もしているので時間がかかる。

だが幸か不幸か、術具のおかげでドラゴン達はおとなしく、作業の邪魔はされない。

本当はすぐにでも術具を外したいところなのだが、厩舎内で暴れられたら困るとのことで、ドラゴン用の敷地が用意されるまではこのままだ。だからこそこうやって直接体を洗ってあげることもできるわけで、皮肉ではあるが今のうちに体の特徴を掴むことに決めた。

「明日にはリッツ様が、皆様の場所を用意してくれます。それまでの辛抱ですから」

虚空を見つめる赤い瞳を、レイラは覗き込む。

「そのときこそ、しっかりと挨拶させてくださいね」

火竜の体に怪我などは見つからず、無事に洗い終えた。

次は水竜だ。

(名前も決めなければ。六頭……いえ)

「ピィ?」

子竜の鳴き声が聞こえてきて、レイラは水竜を洗っていた手を止めて振り返った。

隅っこで寝ていたはずだが、起きてきたらしい。柵の中を覗き込んでいる。

「貴方の名前も、決めなければですね」

「ピィ!」

休憩も兼ねてレイラは柵から出ると、小さなその体を抱き上げた。

(しかし、なんと名付けましょうか)

今までどうやって動物達に名前を付けてきただろうかと、レイラは思い出す。その子の印象に合わせたものだったり、親子で似た名前にしたり。

(ドラゴンの名前……)

レイラが思い出すのは、幼い自分と仲良くしてくれたドラゴンだ。

「カール……」

「ピィ!」

口にすれば、間近で声が返ってきた。

「貴方のことではないですよ」

「ピィ？」

きょとんと首を傾げる子竜に、レイラは微笑む。

「ですが……そうですね。もしよければ、アールと呼んでもいいですか？」

『カール』に反応してくれたことから、レイラは似た発音の名前を提案する。

この子竜が、どこまで言葉を理解しているのかは分からない。けれど子竜は、レイラの案に鳴いて応えてくれた。その声音は、心なしか弾んでいるようだ。

「アール」

「ピ！」

バシバシとレイラの腕を叩くように揺れる尻尾から、呼び名を気に入ったことが分かる。

──不意に、ぐー、と音がした。

「……ピ……」

子竜がお腹を押さえてレイラを見上げる。

そういえばそろそろ昼食にしてもいい頃合いだ。

「いい子で待てて偉かったですね。では私達も食事にしましょうか」

「ピィ！」

笑い返したレイラは、子竜──アールと共に一旦厩舎をあとにした。

レイラの仕事は朝早く、また、終わる時間も不規則だ。そのため城での食事提供をレイラは断った。厩舎から城までは距離があるのでいちいち食事のたびに戻るのは面倒な上、自分のためだけに用意してもらうのも気が引ける。

しかしアールに出来立てのものは食べさせたい。

そこでレイラは、食事は厩舎から近い騎士館の食堂で摂らせてもらうことにした。緊急の仕事にも対応できるよう、朝早くから夜遅くまで開いているからだ。

レイラは、アールを抱いて食堂に足を踏み入れた。

途端、賑やかだったそこは水を打ったようにシンと静まり返る。

（時間をずらすべきでした……）

そうしたつもりはあったのだが、騎士達も訓練や仕事の関係で時間がずれ込んだのだろう。思ったよりたくさんの人数が集まっていた。

騎士館には、竜騎士団の騎士以外もいる。というより、魔物討伐に長けた騎士達の中から選ばれた者で竜騎士団が結成されたため、専用の騎士館というものは存在しない。

そして騎士達は当然、これまでのドラゴンの扱いを知っており、それをよしとしていた。

そんな中にアールとのこと入るのは躊躇われたが、もう遅い。

一度入室した手前出ることもできず、レイラは騎士達に混じって食事を受け取りに行く。

席を探すレイラに、視線が集まる。正確にはレイラに対してではない。彼らが見ているのはアールだ。

「ピ……」

視線から逃れるように、アールがぎゅーっと抱き着いてくる。その姿に母性本能をくすぐられ、レイラの頰はつい緩みそうになった。

壁際のテーブルが空いているのを見つけて、レイラは腰を下ろす。

いつの間にかレイラの周辺にだけ、不自然な空席が生まれていた。

アールを膝に座らせて、レイラは「いただきます」とスープを口に含む。

「お。クラウス、こっち空いてる」

ふと、ざわつきを取り戻し始めた食堂に明るい声が響いた。誰かが近づいてくる気配にレイラは顔を上げる。

「やほー、レイラちゃん、子竜ちゃん」

片手を上げてこちらにやって来るのは、茶色の髪と瞳の、体格のいい青年だった。背も高いせいで威圧感を覚えそうになるが、優しげな表情が彼の雰囲気を和らげてくれている。

アノン・カレンベルク。竜騎士団の副団長である。昨日レイラに、ドラゴン達の食事についで教えてくれた人だ。

その背後には、げっという顔をしたクラウスの姿もあった。

「食堂で一緒になるの初めてじゃんね。ここいい？」

「はい」

アノンはレイラの隣に腰を下ろすと、向かいの席を指差す。

「クラウスはそっちね」

「嫌だ」

「けど他に空いてる席もなさそうだけど？」

トレイを手に、クラウスは不機嫌そうな表情だ。

「……チッ」

クラウスは渋々といった様子で、アノンの向かいに座った。黙々と食事を始める。

「ピィ！　ピ！　ピィィ！」

目の前のクラウスを見て、アールはレイラの膝の上でじたばたと暴れ出した。もちろんクラウスはガン無視だ。

「アール、落ち着いてください。はい、あーん」

「ピー」

暴れながらも、口元にスープを運ばれれば、アールは素直に口を開ける。もぐもぐして、ごっくん。

「ピィ！」

「上手に食べられて偉いですね」

「ピィィ」

レイラに褒められて、アールは嬉しそうに万歳した。

「やっぱ……可愛いな～！」

そんなアールを見てくーっと声を上げるのはアノンである。

アノンの声に驚いたのか、アールは「ピッ」と鳴くと、逃げるように丸まってレイラのスカートに顔を埋めた。

「ほんっとぬいぐるみみたい！　ドラゴンがみんなこんだけ可愛かったらな～。あ、でもそしたら乗れないから意味ないか」

食事をしながら、アノンが残念そうに溜め息を吐く。彼はドラゴン自体はそこまでではないが、小さいものは好きなようで、アールに対しては随分と好意的だ。

「てか赤ちゃんなのにミルクじゃないんだ？　あと名前はアールになったの？」

「はい。歯は生えていたので。薄めの味付けにして、スープや、柔らかく煮込んだ肉、野菜などをあげています」

「へえ」

興味津々なアノンと、全く無視のクラウス。同じ竜騎士でも対照的な反応だ。

「ピ……」

ふと、アールが顔を上げた。その目が、向かいのクラウスを捉え……

「ピィィィ！」

「あっ」

アールはテーブルによじ登り、よちよちと覚束ない足取りでクラウスの元へ向かっていった。両手を伸ばす姿は、まるで抱っこをせがむ子どもだ。

実際アールは、そのつもりだったのかもしれない。

対してクラウスは。

「ッ、来るな！」

アールを追い払うように腕を振るう。

驚いたアールはバランスを崩して、その場に尻餅をついてしまった。

「ピィィ……」

他意があったわけではないのだろう。だがぽかんとするアールの鳴き声に、クラウスはさすがに気まずそうな、戸惑ったような表情になった。

しかし転ばせたことは事実。

「ピィ？」

いまいち本人は何があったのかよく分かっていないようで、戸惑うようにきょとんとしているアールを、レイラは「おいで」と言いながら抱き上げた。

「まだ小さい子なのに……」

クラウスを睨むようにして見れば、彼は居心地悪そうに視線を逸らす。

が、次の瞬間には不機嫌そうに舌を鳴らしていた。

「……言っただろ。次はないと」

「まー、ほら、クラウスもわざとじゃないからさ。でも悪いのはお前だぞ、クラウス」

「お前はどっちの味方だ⁉」

フォローしたいのか違うのか。クラウスがアノンに怒鳴る。

「やー、オレは小さい子の味方よ。ねー？」

「がうっ！」

「ぎゃっ！」

頭を撫でようとしたアノンの手に、アールはぱかっと口を開けて噛みつこうとした。

「こら！」

「ピィ？」

「すみません、カレンベルク様。じゃれているつもりだと思うのですが……」

「そ、そうだよね？　なんかすごい殺意向けられたような気がしないでもないけど……」

アノンとアールの目が合う。するとまたもやアールは「がう！」と吠えた。

「チビでも魔物だからな。油断するなよ、アノン」

「ピイ、ピイ、ピ！」

冷たく言い放つクラウスに向かって、アールがじたばたと暴れる。

「ピイィ！」

届かない腕を懸命に伸ばす姿は、レイラ以外に見せたことはない。少なくともアノンに対しては全くしないのだ。

「えー、なんでオレじゃなくてクラウス？　クラウス、この子に何かして気に入られた？」

「するわけないだろ」

二人の会話を聞きながら、レイラはアールが産まれたときのことを思い出す。

（もしかしてこの子は――）

「恐らく……刷り込み効果だと思います」

呟いたレイラに、アノンが「え？」と聞き返してくる。

「ご存じですか？　一部の動物には、初めて見たものを親だと思う習性があって……」

「それは知ってるけど」

「この子が産まれたとき、私と団長がいました。それで私達を親だと思ったのかも……」

「えっ、じゃあクラウス、いきなりパパじゃん。で、レイラちゃんがママ？」

「はァ⁉」

スープを噴き出しそうになりながら、クラウスが引っくり返った声を上げた。

「冗談じゃない！　俺は魔物……ドラゴンなんて、大嫌いだ！　今すぐ処分したっていいくらいだぞ⁉」

「やめてください、子どもの前で！」

レイラは咄嗟にアールの耳――正しくは耳っぽい場所を両手で塞いだ。

（この人は先ほどから……！）

産まれたばかりの無垢な相手になんという態度だ。アールがクラウスに何かしたわけでもないというのに。

「ピィ？」

クラウスが自分をどう思っているのか、アールに理解できるわけもない。つぶらな瞳を、レイラとクラウスへ交互に向けるばかり。そこには敵意も警戒心もなかった。

（こんなに可愛いのに……）

無条件にレイラとクラウスを慕っている。ただそれだけなのに――！

「……分かり、ました」

アールを抱くレイラの腕に力がこもる。同時にレイラは勢いよく立ち上がった。

「貴方を父親とは認めませんし、力も借りません。この子は、私が立派に育ててみせます！」

「ああ、ぜひそうしてくれ！」

レイラにつられてか、クラウスもテーブルを叩いて腰を上げる。

周囲の騎士達が何事かと見てくることも意に介さず、火花を散らして睨み合った。

「ピィ？」

「もうその辺にしといたらー？　パパとママが喧嘩してたらアールも悲しがるって」

呆れたようにアノンが口を挟む。

「ま、逆に喧嘩するほど仲がいいとも言うか。いいなー。家族っていうか、夫婦っていうか」

「夫婦じゃありません」「夫婦じゃない！」

「ピィ！」

不機嫌そうなレイラとクラウス、何故か嬉しそうなアールの声が、食堂に響き渡ったのだった。

燦々とした太陽光が、湖の水面を輝かせている。

城の裏手の人工森は、綺麗に手入れされていた。特に湖の傍は木々に囲まれながらも周囲が開けていて、ピクニックにはもってこいといった風情だ。

普段であれば貴族が憩い、兵士が見回りに来るだろう場所だが、今は六頭のドラゴンが自由に飛び交う住み処となっていた。

術具がなくなり、各々自由に過ごしていたドラゴン達は、不意に動きを止める。顔を向けた先にいるのは、長い銀髪を後ろで一つにまとめて、女性用の団服に身を包んだ少女──レイラである。歩くたびにスカートと、白のエプロンが揺れる。

団服は、竜騎士団の世話係であるならば相応の格好が必要だろうと、リッツが用意してくれたものだ。ちなみにエプロンはレイラの希望である。

台車を引いていたレイラは、一旦足を止めると振り返った。すると荷台から、ひょっこりと子竜──アールが顔を覗かせる。

「それでは、いい子でここで待っていてくれますか?」

アールを抱き上げ、近くの涼しそうな木陰に下ろす。

「ピィ!」

片手を上げて応える姿に笑みを零しながら、レイラはアールの頭を撫でた。

「……さて」

そしてレイラは、再度台車を引いて歩き出した。

荷台に積まれているのは、大量の食料である。生肉、焼いた肉、果物、野菜、生魚、など。ドラゴン六頭分の食事は、抱えるには多すぎてここまで台車で運ぶしかない。

結界の張られた敷地内ではドラゴンを放し飼いにするため、境界が分かりやすいよう術具で地面に線が引いてある。術を解かない限り、ドラゴン達はこの結界内と外を行き来することはできないのだ。

「おはようございます。朝ご飯です」

線の内側へ、レイラは足を踏み入れた。

ドラゴン達の反応は、睨んでくるもの、一瞥こそすれどそれきりレイラに無関心のもの、空からレイラを窺うもの、と様々だ。

(まあそれでも、一方的に攻撃してこないだけいいでしょう)

厩舎からここへドラゴン達を移動させて、今日で一週間が経った。

術具で操られていた間の記憶はないのか、術具を外した直後の彼らは意外にもおとなしかった。さすがにレイラが近づけば敵意を露わにしたが、暴れても結界からは出られないこと、ひとまずおとなしくしていれば痛い目には遭わないことを、すぐに理解したらしい。

やはりドラゴンの知能は高いと実感する。

そうして今では、レイラは食事を与えてくれる一応無害な人、くらいの認識でいるようだ。

その証拠に、一頭のドラゴンがゆっくりと歩み寄ってくるのが、レイラの視界に映る。

他のドラゴンに比べて半分とまではいかないが、ひとまわり以上体の小さいドラゴンは、土竜である。岩のようにゴッゴツとした鱗と、重量感のあるがっしりとした体が特徴だ。

「キュ」

「おはようございます、カルム」

カルムと名付けた土竜は、挨拶のようにレイラの体に頭を擦り寄せてきた。微笑を返しながら、レイラは「失礼します」とその体をチェックしていく。

ボロボロだった鱗は、心なしか色が鮮やかになり、形が均等になっているように思えた。左右に揺れる尻尾から元気なのが伝わってくる。他のドラゴンと争って怪我をした様子もなく、食欲も申し分ない。

（爪も適度な長さになっていますね。ここを気に入って走り回ってくれているのでしょう。

安心しました）

「顔を見せていただけますか？」

「キュウ」

（目ヤニなどもなし。歯も問題なし。よし）

「ありがとうございます」

レイラは台車から生肉と葉野菜、林檎を取り出し、カルムの目の前に置いた。

ぱくぱくと食べ始めるカルムを優しく見守ったのち、レイラは次に湖へ向かう。

ほとりで日向ぼっこに勤しんでいた二頭の水竜は、レイラの気配に気づくと水中へ逃げていく。

「クレード、ヴェーレ、おはようございます。食事、こちらに置きますね」

今まで水竜のいたところに生肉と魚を置いて、離れる。

空を飛んでいる風竜二頭にも同じように声をかけ、地面に生肉を置く。

土竜と違って、水竜と風竜はレイラに近づいてこようとはしないし、レイラの姿が見えている間は食事を摂ろうとしない。

逆にいえばレイラがいなくなれば食べてくれるし、満腹になると気が緩むのか、そのときだけはレイラが近づいても逃げることはなかった。なので四頭のチェックは一時間後に行うのがちょうどいい。

「……さて」

手こずるのはここからだ。

振り返ったレイラの視線の先にいるのは、木陰で丸まっている火竜だった。クラウスが乗っていたあの子には、フレイルと名前を付けた。といっても、カルムのように呼んで反応を返してくれたことなどないが。

レイラは台車を離れたところに置くと、焼いた肉を手に取った。フレイルは生より、火を通したものを好むのだ。

一歩一歩、フレイルへ距離を詰めていく。

フレイルが、レイラを一瞥する。動こうとはしない。ただじっと、赤の瞳を向けている。

が——ある一定のところまで近寄ると、フレイルの纏う空気が変わった。

(ここ!)

首をもたげたフレイルが、レイラに向かって勢いよく炎を吐き出す。

「ピィッ!」

結界の外で、アールが悲鳴を上げる。

「大丈夫ですよ」

燃え盛る炎の中から、レイラはアールに声をかけた。

炎はレイラの身を焦がすことはない。というのも、レイラはブレスレット型の術具を発動させ、自分の周囲に簡易的な結界を張ったからだ。体を取り囲む火はレイラに掠りもせず、熱も全く感じない。

右手を前に掲げて結界を保ったまま、レイラは炎から抜け出す。

「そろそろ攻撃するのはやめてくれませんか？」

フレイルの足元まで来ると、結界を解いて肉を地面に置く。同時に爪の長さを目視で確認し、ついでに鱗にも触れて乾燥していないか確かめる。

「私は貴方に危害を加えるつもりはありません。むしろ仲良くしたいんです」

話しかけるレイラに向かって、フレイルが前足を振り上げた。

「きゃッ……！」

再度結界を展開しつつ、レイラは背後へ回避する。瞬間、尻尾が横薙ぎに襲ってきた。

結界のおかげで直撃は免れたが、衝撃を完全には吸収できなかった。突風に襲われたようにレイラはバランスを崩して転ぶ。

「痛……」

足を擦りむいたようだが、怯んでいる場合ではない。

急いで立ち上がり、走り出す。直後、今までレイラのいたところに炎の塊が降ってきた。

「今日も元気なようで安心しました。お肉、上手く焼けたと思うので食べてくださいね」

フレイルに笑いかけながら、一定の距離まで離れる。

フレイルはしばらくの間そんなレイラを睨んでいたが、諦めたようにまた丸くなった。

炎の届く範囲に一歩でも足を踏み入れると、フレイルはこうやって攻撃を仕掛けてくる。

最初は驚いたし手間取ったが、一週間もすれば随分と慣れた。むしろ今日は一体どんな攻防を繰り広げることになるのだろうと考えてしまうくらいだ。

もちろん、だからといって平静かというとそうでもない。

結界から出たレイラは、大きく息を吐き出した。心臓はバクバクと脈打っている。

（そろそろフレイルに虫歯がないかとか見たいんですが……やはりまだ難しいですね）

「ピィ、ピィ！　ピィィィィ！」

胸を押さえて深呼吸を繰り返すレイラのところに、アールが脱兎の如き勢いで走ってきた。アールはレイラの足にしがみつくと、鳴きながらぐりぐりと頭を擦りつけてくる。

「ピィ……ピ⁉」

膝の擦り傷を見つけて、アールが悲痛な声を出す。消毒のつもりか舐めようとするのを見て、レイラは慌ててアールを抱き上げた。

「お待たせしました。一週間前に比べれば怪我も減りましたので、前進です」

カルムや様子を見るだけの他と違って、フレイルは攻撃的だった。結界内から出られない上、術具を持つレイラに炎も何も通じないとすぐに気づいて、縦横無尽に暴れ回るような真似はしなかったが、近づけば毎度こうだ。

――それでも。

(あんな人形のような状態よりは、今の方が絶対にいいです)

怒りだろうが悲しみだろうが、感情を表に出してくれる方がまだ安心できる。

「ですのでアール、お気になさら……、ッ」

そこで軽く眩暈がして、レイラは顔をしかめた。

「ピ？」

「……いえ、なんでもありませんよ」

心配ないと、レイラは優しく言う。

(ここは城からも騎士館からも距離がありますし……移動も多くて疲れが溜まっているのかもしれませんね)

人工森の、城から一番遠いところにドラゴン用の敷地は用意された。万が一を考えてのことなので、特に文句があるわけではない。

だがドラゴンの相手は肉体労働だ。

(毎日往復にかかる時間も惜しいですし、対処法を考えなければ。あと……)

レイラの脳裏に、クラウスを始めとする竜騎士の姿が浮かぶ。

(もう一週間も経つのに、様子を見に来るどころか訓練を行う気配もない)

最初は、術具を外したばかりで気まずいのか、なんて思ったりもしたが……。

産まれたばかりのアールはともかく、竜騎士団としてドラゴン達と一切かかわろうとしないその姿勢はいかがなものか。

「ピ？」

ムスッとするレイラに気づいたアールが袖を引っ張る。

こんな顔を見せてはいけないと、慌ててレイラは微笑んだ。

「いい子で待っていてくれましたし、食事の前にこの辺りを散歩しましょうか」

「ピイ！」

台車を回収したレイラは、アールと共にご褒美の散歩に出かけていった。


「お前、どういうことだ⁉」

クラウスに呼び出され、執務室にやって来たレイラを襲ったのは薮から棒な怒声だった。

「ピイ！　ピイ！」

それをものともせず、クラウスの姿に歓喜したアールがレイラの腕の中で声を上げる。

「チッ、黙らせろ」

「子どもなんですから鳴くのは当たり前です。いい加減学んでください」

舌を鳴らすクラウスの元へ、レイラはゆっくりと歩み寄った。

金色の瞳が睨むようにレイラを見る。と、彼は途端に眉を顰めた。

「お前……寝てないのか？」

「え？　いえ、そんなことはありません」

「……なら、いいが」

どうやら疲れが顔に出ていたようだ。まさか、心配してくれたのだろうか。

「それよりお前、一体どういうことだ」

「何がでしょうか？」

「結界の近くに住居用の小屋を建ててほしいと、殿下に進言したそうだな」

「お耳が早いですね」

「ピィ」

リッツに話をしたのは昼食後すぐのことで、まだ数時間しか経っていない。

淡々と話すレイラとは対照的に、イライラしたようにクラウスが指で机を叩く。

「何故そんなことを言い出した？」

「結界領域までは距離がありますし、傍に小屋を建てて過ごす方がドラゴンの面倒をいつでも見られて一石二鳥ではないかと思いまして。何か問題あるでしょうか？」

「ピィ？」

「大ありだ！　危ないだろ⁉」

「小屋は結界の外です」

「ピ！」

「ただでさえ今だって傷だらけのくせにか⁉」

　クラウスの言う通り、レイラの頰や腕、足には絆創膏や包帯がある。

「問題ありません。それに傷は、私の未熟さ故なので」

「そういうことじゃなくて……そこまでする価値があるのかって聞いてんだ」

「ピィィ」

「おい、黙らせろ。話が進まん！」

　吐き捨てるようなクラウスの言い草に、レイラはムッとする。

「……アール、少しの間だけ、しーってですよ」

「ピー？」

　アールの口元に指を添えて、静かにするよう促した。

「ともかく、リッツ様から許可はいただきました。あと団長、私からも聞きたいことがございます。どなたもドラゴン達の様子を見にすら来ませんが、騎乗訓練などはいつ……」

「術具を着けない限り、しない」

きっぱりと言われて、レイラの片眉がピクリと動く。

「……訓練を行わないのは職務怠慢では？」

「騎士達に怪我をさせるような真似はできない」

「それではいつまで経ってもこのままですが？」

「それはそれで俺は構わん」

「ではドラゴン達はどうなさるおつもりですか？」

まさか観賞用のペットにするわけでもないだろう。

「処分だろうな」

「それでも竜騎士団団長ですか⁉」

あっけらかんと言い放つクラウスに、さすがのレイラも怒鳴っていた。

レイラの剣幕に驚いたアールが「ピッ」と小さく鳴いて体を縮こまらせる。

「ああ！　だから、騎士達を危険に晒してまですることじゃないと言ってるんだ！　お前のその怪我が物語ってるだろ！　だから俺は術具を外すことに反対したんだ！　それとも全員おとなしく餌になれってか⁉」

「違います！　ドラゴンは頭のいい生き物です。術具を外しても見境なく襲いかかってくるわけではありません。彼らはこの境界の中で生かされているということをちゃんと分かっています。だからこそ、彼らの生きる意味を、その場所を、騎士団の皆さんとの信頼関係を築くことで……」

「ふざけるなッ」

バン！　とクラウスが机を叩いた。

「あいつらの生きる意味？　そんなもの必要ない！　あいつらのせいでどれだけ苦しんでいる人達がいると思う⁉」

「私達を苦しめているのは魔物で、彼らではありません！」

「同じことだろうが！　お前の夢物語なんか知らん！」

「違います！　夢なんかじゃ……！」

「おーい」

白熱するレイラとクラウスの言い争いを止めたのは、遠慮がちに開く扉の音と、のんびりとしたアノンの声だった。

「夫婦喧嘩も大概にしろよ～？」

「「夫婦じゃない！」」

「うは」

二人の気迫に、アノンは何故かニヤニヤしたままだ。

「息ぴったりじゃん。てか、アール怯えてない？　大丈夫？」

「あ……」

　指摘されて見れば、アールは丸まってレイラの服に顔を埋め、ぷるぷる震えていた。

「ごめんなさい、アール……もう、大きな声は出しませんので」

「……ピィ……？」

　震えながら顔を上げるアールを、安心させるようにレイラは強く抱き締める。

「子どもの前で夫婦喧嘩はダメだって言っただろ？」

「「だから夫婦じゃない！」」

　やはり息ぴったりのレイラとクラウスに睨まれて、アノンは苦笑を漏らす。

「冗談冗談。てかレイラちゃん、やっぱその服似合うよね～。華やかだし、ズボンじゃなくてスカートなとこがいい！　色も淡い感じがレイラちゃんっぽいし。クラウスもちゃんと褒めた？　可愛いものには可愛いって伝えないと」

「アノン。用がないならもう出てけ」

　意図的な話題逸らしに、クラウスが苛立たしげに言う。

「っと、その前に。一体どうしたの？　喧嘩の原因は何よ？」

「ドラゴンとの騎乗、飛行訓練についてです」

　クラウスが答えるより早く、レイラが口を開いた。

「それを行わないのは、竜騎士団の職務怠慢ではないのですか？」

「だから、術具がない状態ではむやみに騎士を危険に晒すだけだ！」

「そうならないために、普段からドラゴンと交流を……」

「あー、ＯＫＯＫ。なんとなく事態は把握した。だから喧嘩はストップ」

アノンに丸まるアールを指差されて、レイラは慌てて小さな背中を撫でた。

「んー……クラウスの考えも分かるけど、レイラちゃんの言うことも分かるしな～」

腕を組み、アノンが首を捻る。そして不意に、ぽん、と手を打った。

「んじゃ、ひとまずオレとクラウスの二人でドラゴンのとこに通う。それでどう？」

「なッ」

「『なんで』じゃないからね。何もしないのはレイラちゃんの言う通り職務怠慢だろ？　かといって他の騎士が怪我しても困るし。オレとクラウスだったら、仮にドラゴンが暴れてもどうにかできるじゃん。それともドラゴンには勝てない？　クラウス団長」

アノンの口調はわざとらしく、彼を挑発しているのが見え見えだった。クラウスもそれを理解しているのだろう。かといって肯定するのはプライドが許さなかったらしい。

「んなわけねえだろ！　火竜を連れてきたのは誰だと思ってる⁉」

「じゃ、そういうことで。オレとクラウスでまず様子を見てみて、問題なかったら他の騎士も参加したらいいし、無理だったら術具のこととか改めて考えよ。レイラちゃんもそれでいい？」

あれよあれよという間に、レイラとクラウス、両方の意見を採り入れた案が決まった。

断る理由などなく、レイラは頷く。

「くそ……！」

クラウスだけが納得しかねるのか低く呻いた。

(何故団長はここまで嫌がるのでしょう……)

団長という立場でありながら、あまりにも頑なな態度は不思議だった。

恐らく理由はあるのだろう。気にならないわけでもない。だが仕事である以上、詮索も個人の感情も必要ないと思い直した。

「逃げないでくださいね、団長」

そのためレイラは、クラウスに釘を刺す。

「誰が逃げるか！」

「ん〜、お前のパパとママは大変だねえ、アール」

レイラの隣に立ったアノンが、どさくさに紛れてアールの頭を撫でようと手を伸ばす。

けれど「がうっ」と噛みつかれて、「ぎゃっ」と情けなく悲鳴を漏らすのだった。


翌日の夕方、レイラは結界内の糞尿掃除を終えると、休憩のため待っていたアールの元へ向かった。

　砂を弄って遊んでいたアールが、レイラが結界から出てきたことに気づいて顔を上げる。

「ピィ！」

　まるで「お疲れ様」と言われたような気がして、レイラは微笑んだ。

「ありがとうございます」

（団長とカレンベルク様がもうすぐいらっしゃる時間ですね）

　二人は騎士としての訓練や仕事が終わったあと、ここへ来ることになっている。

（術具なしでいきなり乗ることは恐らく不可能なので、互いに慣れていただくところから始めないと）

　竜騎士団とドラゴンの間を取り持つことも、レイラの仕事の一つだ。まずは術具なしのドラゴンが、クラウスとアノンにどういう反応を見せるかを確かめなければ。レイラ相手のように遠巻きにするだけならいいが、フレイルのように攻撃してくるのであれば何か対策を構じなければいけない。

　だが、頭のいい彼らなのだ。ちゃんと思いを伝えればきっと――。

「ピィ」

　ふとアールが擦り寄ってきて、レイラは思考を中断した。しゃがみ、アールを抱く。

「そろそろお二人が来そうですし……」

と、立ち上がった途端——ぐらり、とレイラの視界が回った。

血の気が引いたような感覚と共に、足から力が抜ける。立っていられなくて、その場に膝をついた。

「ピ？　ピィ！　ピィ⁉」

「すみませ……」

心配そうな声を上げるアールを安心させようと、レイラは口を開いた。けれど言いきる前に倒れてしまう。

「ピィピィ！　ピィ！」

アールの声が遠ざかっていく。視界もぼんやりと薄れていき……そのまま、レイラは気を失った。


歩を進めながら、クラウスはハアと息を吐いた。

すると前を歩いていたアノンが、クラウスの溜め息を聞きつけて振り返る。

「……何も言ってないだろ」

文句が飛んでくる前に、クラウスは言った。

「顔が訴えてる。行きたくない～って」

　二人が歩いているのは城の裏の人工森だ。向かう先はドラゴンのいる結界である。

「ま、お前の複雑な気持ちも分かるけどさ。いきなり竜騎士団なんてものがつくられて、その団長に任命されて。魔物退治が仕事だったオレ達に、今度は魔物と協力しろときたもんだ。仲良くしてくださいはいそうですね、なんて無理に決まってるよなー」

　そう言ってアノンは肩を竦める。

「けどさ、本当に術具なしでドラゴンが味方してくれるなら、それに越したことないだろ？」

「お前は嫌じゃないのか？」

「ドラゴン？」

「ああ」

　人間をも喰らう魔物なのだ。討伐対象であり、敵だった。道具として利用するならいざ知らず、仲間として扱えなんて言われても気持ちの整理がつかない。

「んー、オレは別に、たまたまこの仕事に就いただけで、むしろドラゴンの背に乗って敵を薙ぎ倒す！……なんて、ヒーローみたいでカッコいいじゃん、的な」

「……」

「別にレイラちゃんの言う理想を信じてるわけじゃないけど、でも一理あるとは思うし。

あとはまあ、単純にあの数の世話をレイラちゃん一人に押しつけるのも申しわけないっていうか」

クラウスは黙って、アノンの言葉を聞いていた。

アノンの言いたいことは分かる。ドラゴンがいることでもたらされる利益も理解している。だから渋々ながらも一緒にここまで来たのだ。

(だが……)

どうしても自身の中のわだかまりは消えない。

静かなクラウスに、アノンも思うところはあったようだ。

「まあ……オレとお前じゃスタート地点が違うってことも分かってるけどさ。だってお前が騎士になったのは——」

そこまで言って、アノンが口を閉じた。

というのも、突然クラウスが足を止めたからだ。

「クラウス、どうした?」

「今何か聞こえなかったか?」

「え?」

二人して耳を澄ませる。周囲に視線を巡らせた。

直後。

「ピイイイ！」

甲高い声と共にガサガサと茂みが揺れ、見覚えのある子竜――アールが飛び出してきた。

「お前、なんで……！」

「ピ！」

アールはクラウスの姿を見つけると、一目散に駆け寄ってくる。

「ピィ！　ピィピィ！　ピイイイ！」

足元で、アールが懸命に何かを訴えてくる。

「……あいつはどうした」

一緒にいるはずのレイラの姿、気配がないことに気づき、クラウスは問いかけた。

アールがぶんぶんと首を横に振る。

「アノン！　こいつを頼む！」

「あっ、クラウス⁉」

嫌な想像が頭を過ったクラウスは、アノンに鋭く言い残すと、アールの来た方向――結界に向けて、勢いよく走り出した。

ふ、とレイラの意識が浮上した。ゆっくりと目を開ければ、灯りが差し込んできて、その眩しさについ小さく呻いてしまう。

（ここは……？）

目はすぐに光に慣れ、白い天井をぼんやりと見上げる。鼻につく薬の匂いから、レイラは自分が医務室のベッドに寝かされていると判断した。

「ピ!?」

と、視界をアールの顔が埋め尽くして、レイラは瞬きを繰り返す。

「ピィィィ」

「アール……」

レイラが目を覚ましたと気づいたアールが、顔を覗き込んでいた。シーツに投げ出していた手を伸ばして小さな体を撫でれば、アールはすりすりとレイラに頬ずりをする。

「起きたか」

するとクラウスの声が聞こえてきて、レイラはゆっくりと横を向く。

レイラの寝ているベッド脇のイスに、クラウスが腰かけていた。

「やっぱ無理してたんじゃねえか」

「団長……一体……」

「ピ！　ピピ！　ピィ！」

自分の状況を確かめようと唇を開く。しかしアールの声に掻き消されてしまった。

アールはレイラから離れると、クラウスに抱っこをせがむようにシーツを飛び跳ねる。

やけに嬉しそうだ。

一方で、クラウスはなんともいえない顔でアールを見下ろしていた。もちろんクラウスにアールを抱き上げる素振りはない。

「私、一体どうして……」

それを横目で見ながら、緩慢な動作でレイラは起き上がった。

「こっちのセリフだ。こいつが血相変えて俺達を呼びに来た。そしたらお前が倒れていた」

そう言われて、レイラは思い出す。

（確か、突然気が遠くなって……）

「ピィ？」

クラウスは抱っこしてくれない、と諦めたのか、アールがレイラの方を向いた。首を傾げるように見上げられて、レイラはよしよしと、アールの体を抱き締める。

「ありがとうございます。貴方が助けを呼んできてくれたのですね」

「ピィ!」

レイラの腕の中で、アールはえっへんと胸を張った。

クラウスが、そんなレイラとアールを冷ややかに見つめてくる。

「それで、ドラゴンにやられたのか?」

「違います!」

倒れた原因を訊かれて、レイラは間髪容れず否定した。

「本当か?」

金の瞳には、疑いの色がありありと浮かんでいる。レイラがドラゴンを庇っているのではないか。そう考えているに違いなかった。

「ただ倒れただけです」

「倒れただけって……」

「失礼します」

扉の開く音と共に、ローブを着た誰かが入って来た。知らない声だ。

「クリフォード様、目を覚まされたんですね。よかった」

起き上がっているレイラに、小柄な少年は安堵の表情を浮かべる。が、次の瞬間。

「わあああ子竜が顔出してる!」

眼鏡の奥の目をギラギラと輝かせて、勢いよく駆け寄って来た。

「ピッ⁉」

途端にアールはレイラの腕から抜け出して、布団（ふとん）の中に隠（かく）れた。

「あぁ……また逃げられちゃった……」

「さっきから何度目だ。もう諦めろ」

がっくりと項垂（うなだ）れる少年に、クラウスは呆（あき）れ顔（がお）だ。

「すみません、貴方は……？」

自分より年下だろう少年に、レイラは尋（たず）ねる。

「あっ、す、すみません！　初めまして。ラルフ・バンジです！　クリフォード様のことはリッツ殿下から聞いています！」

「魔物の研究者だ。普段はあちこちの街、国を飛び回ってる。さっきちょうど帰ってきた」

「クリフォード様もドラゴンがお好きだと聞いています。ぼく、ドラゴンが好きって方と会うの初めてで、ずっとお話ししたかったんです！　この子が産まれたときのこともぜひ詳（くわ）しく教えてください！　うー、なんでぼく、そのときに限っていなかったんだろ……」

魔物の研究者というだけあって、ラルフはドラゴンに好意的なようだ。その事実だけで、レイラの彼に対する印象はよくなった。

「しかし、どうしてバンジ様が……？」

ラルフは医者ではない。それなのに何故ここに……？

「ドラゴンの傍で倒れていたとのことで、ドラゴンに何かされたのかもしれないから調べろと呼ばれました。団長、すごく心配してて」

「何をですか？」

ドラゴンが不祥事を起こせば竜騎士団の責任になる、ということだろうか。

「クリフォード様をですよ」

予想と違う解答に、レイラは目をぱちくりとさせた。

（団長が、私を？）

思わずクラウスを見るが、彼はレイラと視線を合わせようとせず話を遮る。

「で？　こいつが倒れた原因はなんだったんだ？」

「はい。お医者様曰く、過労であると」

「……は？　過労？」

「そうです。ほとんど寝ずにドラゴンの世話にかかりきりだったんではないかって。今日一日しっかり休めばすぐ元気になると思います、とのことです。ああでも、そういう意味ではドラゴンが関係しているとも言えますすね」

クラウスは眉間に皺を寄せ、何か考える素振りを見せた。

「だから言ったではないですか。ドラゴンは何もしていないと」

「うるさい」

一刀両断されてしまい、レイラはムッとする。

「……おい」

「……なんでしょうか？」

「人手が必要なのか？」

「みっともないところをお見せして申しわけございません。ですが家ではもっと多くの動物の世話をしてきたので慣れれば問題ありません。そもそも、これは私に与えられた仕事です」

「……」

「何か？」

「いや……だったら、いい」

クラウスは何か言いたげなように見えた。

けれどクラウスがそれを言う前に、「あの……」と、ラルフがおずおずと口を挟んでくる。

「実は、それとは別に、一つ気になることがありまして……」

「なんだ？」

クラウスに促されて、ラルフが頷く。

「魔物は、魔力を体内で作り出すことで、攻撃に使ったり、容姿を変化させたりしています。例えば火竜の吐く炎や、熱に耐えるように厚くなった鱗なんかがそうなんですね。けど魔物の子どもは魔力が低い……というより、魔力を体内で作り出す力が弱くて、だから親から分け与えてもらっていることが多いんです。魔物の成長がやけに早いのも、恐らくそれが関係してて」

自然界で生き残るために必要な要素として、魔物の成長速度が極端に早いのではないか、と。また、アールの容姿が他のドラゴンと違うのは、魔力がなくて、見合った容姿の変化を行うことができないからではないか、とラルフは推測した。

「だからこの子は……えっと」

「アールです、バンジ様」

「アールも、本来は親から魔力をもらう必要があるんです」

「魔力をもらえないと、魔物はどうなるんでしょう？」

温かな体へ、レイラは布団越しに触れる。

「魔力の弱い魔物は元気がないことも多いです。親と子を引き離した際、子が衰弱した研究例もあって……」

「ですがアールはこんなにも元気です」

「はい。なのでぼくも最初は、ドラゴンはそれに当てはまらないと考えたんです。けどアールの目は魔力が低い証として赤茶のままだし……そこで、クリフォード様が倒れたって知って、もしかしてこれは僕の仮説と一致するんじゃないかって思って！　むしろこれは魔物が人間を襲うことにも関係あるんじゃないかと——」

「ラルフ、さっさと結論を言え」

「す、すみません！」

急かされて、ラルフは焦ったように背筋を正した。

「つまりアールは、レイラさんからそれをもらっているんだと思います」

「ピィ？」

自分が呼ばれたと思ったのか、布団からひょっこりと、アールが顔を覗かせた。

「……え、しかし、私は人間ですので、魔力はありません」

「えっと、これはぼくの仮説なんですけど……魔力というのは、いわゆる生命力を、魔物が体内で変換して作っているものではないかと思うんですね。なので、レイラさんの生命力をアールが吸って、体内で魔力に変換しているのではないかと……」

レイラとクラウスは、揃って目を瞬かせる。

「……アール、そうなのですか？」

「ピィ！」

アールは勢いよく返事をしてくれたが、その真意は分からない。

「ってことは、こいつが倒れた原因は、ドラゴン達の世話での疲労に加えて、コレを育てることにもあるって？」

「コレではありません。アールです」

「ピピィ」

レイラとアールが言い返すが、クラウスは無視してラルフの返事を待った。

「はい。特にアールを育てる方の比重が大きいと思います。アールが元気ということは、魔力の供給に成功しているということで……でもそれだと、クリフォード様はまた倒れてしまいます。そうならないためには、アールに協力者――もう一人、親が必要かと」

「それ、って……」

「アールが懐いているのは、クリフォード様と団長だけだと、カレンベルク様から聞きました。ちなみにアールは、他のドラゴンとの仲は……？」

「ドラゴンにも人見知り……いえ、ドラゴン見知りしているようです」

遠くから眺めている分にはいいのだが、近づくとアールは硬直してしまう。だからレイラは、結界内にアールをあまり入れないようにしていた。

「ということはやはり、お二人でアールを育ててもらうしかないかと……」

「っ、俺は嫌だぞ!?」

　イスから立ち上がり、クラウスは後ろに下がった。

「ドラゴン達の世話は、仕方ないってことで百歩譲って協力してやってもいい。けどなんで俺が、こんなチビの世話なんて……！」

「だ、だけどこのままじゃクリフォード様が倒れてしまいます。クリフォード様がいなければ、ドラゴン達の面倒を見る人がいません」

　そんな話の最中、遠くから足音が聞こえてきた。複数の足音がどやどやと医務室に入ってくる。

「ひーっ、痛え！」

　呻きながら姿を現したのは、アノンを始めとする、竜騎士の数人だった。

　全身濡れている者、軽いとはいえ火傷を負った者、頬に傷の走っている者と、色々だ。

「あ、レイラちゃん、起きた？　大丈夫？」

　腕が痛むのか、片腕を押さえて片眉を歪ませていたアノンは、しかしレイラが起きているのを見て笑いかけてくる。

「私は大丈夫です。それより皆さん、どうされたのですか……⁉」

「いやー、ちょうどドラゴン達の飯の時間だったからさ。レイラちゃんの真似してあげに行ってみたわけ」

　各自で薬や包帯を取り出して手当てしながら、アノンが苦笑気味に教えてくれる。

「もうそんな時間で……⁉　すみません、私の仕事なのに……！」

「それはいいって。むしろレイラちゃん一人に押しつけちゃってさ。だから倒れたんじゃないの？　けど飯あげんのやばいね⁉　全然食べてくれないわ、気に入らないのか火噴いたり湖に突き飛ばしてきたり、突進されそうになったり、もうハチャメチャよ！　レイラちゃん、ずっとあんなことしてたの⁉」

「リッツ様から術具を預かっていて、身を守る分には差し支えありませんから……。あとドラゴン達は食に好みがありまして」

「あー、だから食べてくんなかったんだ……」

散々な目に遭ってきたらしい騎士達が遠い目をする。よほど大変だったらしい。

「お前ら、大丈夫だったのか？」

「ま、オレらだって騎士だし？　ちゃんと準備はしてたから」

よく見れば、アノン達は腕などに術具をつけていた。

「それでもこの有様よ。ごめん、オレら舐めてた。レイラちゃんが倒れたら、竜騎士団終わりだわ」

それを聞いて、クラウスの頬が引き攣る。

「……ということは、団長。やっぱり先ほどの案を採用すべきかと！」

「ん？　何？　なんの話？」

　クラウスがラルフへ言い返す前に、アノンが口を挟んだ。

　ラルフは手早く、先ほどの話をアノン達にも説明する。

「――というわけで、団長にもアールの子育てに協力してもらわないと！」

「断わ……」

「いいじゃんいいじゃん！」

「おい！　勝手に話を――」

　ワイワイしている竜騎士団を、レイラはぽかんと見ていることしかできない。会話に加わるタイミングが分からないのだ。

「レイラちゃんだって、一人より二人の方がいいっしょ？」

　が、ちょうどアノンが話題を振ってくれたので、これ幸いと乗る。

「い、いえ。私は前にも言った通り、団長の手を借りずとも、一人で立派にこの子を」

「ダメだって！　また倒れたらどうすんのさ」

　けれど即座に否定されてしまい、次の言葉が上手く出てこない。何せまた倒れたら困る、というのは事実なのだ。

　アノンが「そうだ」と手を打つ。

「レイラちゃん、境界の傍に小屋建ててもらって、そこで暮らすんだよね？」

「は、はい。そのつもりですが……」

「クラウスもそこに住めばいいじゃん」

「え？」「は？」

名案！　とばかりに白い歯を見せて笑うアノンに、レイラとクラウスの声が重なる。

「ちょっと待て、お前何言って」

「レイラちゃんは倒れないで済むし、オレらはドラゴンのこと任せられるし。それに元々パパとママなんだし。めっちゃいい案じゃん。頼むぜ、団長（パパ）！」

「誰がパパだ！」

「そうと決まれば、クラウスの荷物とか運んで～」

「人の話を聞け！」

明るく笑うアノンに、クラウスが怒鳴（どな）っている。

（団長と一緒に、住む？　私とアールが？）

話の流れについていけず、レイラはアールの頭を撫でた。

「ピィ！」

何も言えないレイラに代わって、アールが元気よく鳴いた。

ドラゴン達の住む結界の横に小屋が完成したのは、レイラが倒れて五日後のことだった。

元々レイラとアールが暮らすためのものなので部屋は一つだけ。キッチン、テーブル、風呂、作業用の机、ベッド、などなど、暮らすのに必要なものはリッツが手配してくれた。

「今日からここが私達の家ですよ、アール」

「ピィィ！」

匂いを嗅いでは走り回り、何か見つければ鳴いてレイラに報告する。そんなアールを微笑ましく見守りながら、レイラは振り返った。

「団長、今日からよろしくお願いします」

壁際には、不機嫌そうな表情のクラウスが立っている。

すったもんだはあったものの——結局彼も、ここで一緒に暮らすことになったのだ。

「窓を大きめに作ってくださいと頼んでおいてよかったです。ここからなら、外のドラゴン達の様子もよく見えます。アールも気に入ってくれたようで」

「……お前はいいのか？」

「え？」

外を眺めていたレイラへ、足早にクラウスが近づいてきた。

威嚇するように壁に手をついたクラウスは、間近でレイラの顔を覗き込んでくる。

「不安にならないのか？　一応、俺は男でお前は女だぞ？」

冷たく見下ろしてくるクラウスを、レイラも見つめ返す。

「団長は、私をそう見ているのですか？」

淡々と問いかければ、ぎょっとしたようにクラウスの目が見開いた。

「違う！」

「であれば、私は特に問題ありません。気にされるようでしたら、団長は無理にここに住まなくても今まで通り騎士館で構いませんが……」

「それでまた倒れたらどうする気だ！」

怒っているからなのか、クラウスの頬が薄らと赤くなっている。

「お気遣い、感謝いたします」

「……そういうことじゃない」

呆れたように呟いたクラウスは、突如レイラの顎に指をかけた。上向きに角度を変えられて、吐息の絡む距離にいるクラウスにレイラは息を呑む。

「団長、近い、です」

居心地が悪くて顔を逸らしたいのに、クラウスの手がそれを許してくれない。

レイラの意思と関係ないところで勝手に鼓動が速くなる。知らない感覚に襲われて、彼の瞳を見つめ返せなくなった。

小さく、クラウスが唇の端を吊り上げる。

「へえ。そういう顔もするんだな」

「っ……」

自分が一体どんな顔をしているのか想像すらできなくて、頬が熱くなった。肉食獣に睨まれた獲物はこんな気分なのかもしれない。逃げるようにぎゅっと目を瞑る。

——と。

「遅れてごめーん！」

扉の開く音と、アノンの声が聞こえてきた。

「用事終わったから、ドラゴンのとこ行け……る、けど……」

悪びれることなく笑いながら小屋に入ってきたアノンは、まるでキス直前の二人の姿に、ぱちぱちと目を瞬かせる。

「ごめん！　お邪魔虫は撤退するわ！」

そのまま来たときと同じ勢いで、彼は外に出て扉を閉めた。

二人はぽかんとそれを見送り――先に我に返ったのはクラウスだ。

「違う！」

レイラから手を離した彼は、慌てたようにアノンを追って外に出た。

「ピィ」

自分に何があったのかと呆然としているレイラの団服の裾を、アールが引っ張る。

（今のは、ただの団長の冗談で……すよね……）

それをアールに見られていたのだと思うと、今すぐ逃げたくなるくらいに恥ずかしい！

「違います、違いますからね、アール」

「ピィ？」

理解などしているはずのない子ども相手に、レイラは何度も訴えた。

「……――私達も、行きましょうか」

ようやく不自然な胸の高まりや顔の熱が引き、レイラはアールを抱いて外に出る。

「いやー、クラウスがこんなに手が早いなんて知らなかったわ。でも安心して。みんなには内緒にしとくし」

「だから違うと言ってるだろ！」

「またた～」

クラウスの蹴りをアノンはひょいと避ける。二人は騎士団内でも仲がいいのだろう。

「レイラちゃん！　クラウスがナニかしてきたらすぐ言ってね！　こいつ顔見たら分かる通りムッツリだし」

けらけらとおちゃらけるアノンの襟首を、ガッとクラウスが掴む。

「殺されてえか……⁉」

射殺しそうな眼差しで、クラウスはギリギリとアノンの首元を締め上げた。

「ギブ、ギブ……！　ごめん調子に乗りました！」

クラウスはきっちりアノンを締め上げたあと、「ふん」と鼻を鳴らして手を放す。

「あの……」

会話が止まったのを見計らって、レイラは片手を挙げる。

「御安心ください。リッツ様から色々と預かっておりますので、自分の身は自分で守れます」

「ああ、ドラゴンからはぜひそうしてくれ。そして俺は、頼まれてもお前に何かする気はない。さっきのはお前の危機感を心配してやっただけだ」

「やはりそうですよね。安心しました。ありがとうございます」

皮肉めいた口調のクラウスに、レイラは淡々と頭を下げる。

苦虫を噛み潰したような顔になったクラウスに、堪えきれないとばかりにアノンは腹を抱えて笑った。

「うん、レイラちゃんいいね。これなら安心だわ」

（何か……おかしなことを言ってしまったでしょうか……？）

ただ何も心配はいらないと伝えたかっただけなのだが。

「……それより、俺達は何をすればいいんだ」

アノンの足を蹴って無理やり黙らせたあと、クラウスが呟くように言った。

「そうですね」

三人とも、視線が自然と背後――ドラゴン達のいる結界に向けられた。

今日からようやく、クラウスとアノンが術具なしのドラゴンと対面する。レイラの体調を考えて、予定が先延ばしになっていたのだ。

最近では、フレイル以外は名前を呼べば反応してくれるようになったけれど……。

「ね、こいつらってオレらのこと乗せてくれると思う？」

「すぐには無理だと思います」

レイラの返事に「だよねー」とアノンがぼやく。

「まずは彼らと触れ合うことから始めます。ちょうど小腹が空いている時間だと思いますのでおやつをあげましょう。その際名前を呼んであげてください」

レイラはアールを近くの木陰に下ろすと、小屋からおやつの袋を持ってきて、結界内に躊躇いもせず入った。

「お二人も、どうぞ」

顔を見合わせるクラウスとアノンを促す。

だが、二人が足を踏み入れた瞬間、結界内の空気が変わった――ような気がした。

肌に感じるピリピリとしたそれは、ドラゴン達の警戒の表れだ。クラウスとアノンの表情も、目に見えて硬くなる。

「団長、カレンベルク様、殺気立たないでください」

クラウス達が感じ取っているように、二人の警戒もドラゴンには伝わってしまう。

「敵意はないと、まずは示すことが大事です。そのためにも、こちらを」

レイラが袋から取り出したのはクッキーだ。

「ドラゴン用に作りました。一応昨日も与えています。フレイル以外は食べてくれたのでひとまず問題はないはずです」

「フレイル？」

「火竜の名前です。先日、名前の一覧をお渡ししたはずですが」

まさか目を通していないのかと、レイラは呆れた。

「火竜……ああ、一番か」

「その呼び方はやめてください」

睨めば、睨み返された。バチバチと、見えない火花を散らす。

「殺気、漏れてる漏れてる！」

苦笑気味にアノンに指摘されて、レイラは咳払いで無理やり感情を押し殺した。

「……ではゆっくり近づいて、あげてください。手から食べない場合は、地面に置いて離れてみてください」

「ＯＫ！　……って、うお⁉」

がくん、とアノンが前のめりになった。慌てて振り返る。

アノンの後ろにはカルムがいた。カルムは目が合うと「キュウ」と鳴く。

「今頭突きされたんだけど……怒ってる？」

「いえ。クッキーがほしいんだと思います。手のひらに載せて、顔の前に出してみてください」

「こう？」

アノンが言われた通りにすれば、カルムは遠慮なくクッキーを食べ始めた。

「お？　おおお……！」

舌で手のひらも舐められて、アノンが楽しそうな声を上げる。

「この子人懐っこいね？」

「はい」

遠慮がちにアノンがカルムの頭を撫でる。カルムはされるがまま、むしろ気持ちよさそうだ。

（それにしても……）

　クラウスとアノンと並ぶカルムを見たレイラは、改めてその小ささを実感する。男一人を乗せるのにギリギリの大きさは、他のドラゴンと段違いだ。六頭いるドラゴンのうち、土竜は一頭だけなので、土竜全部がこれくらいの大きさなのか、それともカルムだけが特別小さいのかは分からない。

「レイラちゃん、この子の名前は……」

「土竜、カルムです」

「六番か。こいつ、飛べないからいつも厩舎で居残りだったな」

「団長！」

　嬉しそうにカルムの相手をするアノンと対照的に、クラウスにやる気がないのは丸分かりだ。嫌味を言うところなど、気に入らない相手を虐める子どもでしかない。

「大人げない……」

「は？」

「だからなんですぐ喧嘩するかなー」

　もう止める気もないのだろう。アノンはハアと溜め息を吐いた。

「ん～……自分から近づいてきてくれるのはカルムだけか」

「はい。なので他の子には、こちらから近づいていきます」

二人を先導する形でレイラは歩き出した。

（カルムの次におとなしめなのは、水竜の——）

「おい！」

湖へ向かおうとしたレイラは、いきなり背後から引っ張られた。

「きゃ……っ」

突然クラウスがレイラの肩を摑んで引き寄せたのだ。クラウスは片腕を前に突き出しており、術具を発動させたのは明白だった。

クラウスの厳しい視線の先には、こちらを見据えるフレイルの姿。

どうやらフレイルが炎を吐いたらしい。クラウスが咄嗟にレイラを守ってくれたようだ。

アノンは上手く避けたらしく、少し離れたところで身構えていた。

フレイルを睨むクラウスの唇の端が、微かに吊り上がる。

「はっ。こんなもんか？」

笑いながら発された言葉は、明らかな挑発だった。

それはフレイルにも伝わったのだろう。翼を広げ、飛び上がる。

「来いよ！」

「だんちょ……!?」

クラウスは乱暴にレイラを突き放すと、腰に下げていた剣を抜いた。一直線に下降してくるフレイルを待ち構える。

バランスを崩して倒れそうになったレイラだが、寸でのところで持ち直した。

「ッ、やめてください！」

レイラはクラウスの腕を掴むと、勢いよく走り出した。

「は⁉　なっ……」

火事場の馬鹿力とでもいうのか、無理やりクラウスを引っ張って、レイラは結界を飛び出す。

「貴方は……何を考えているんですか⁉」

「仕掛けてきたのはあいつだろうが！」

「違います、あれは……私が、先にあの子の縄張りに入ってしまったんです」

思った以上に、クラウスやアノンがドラゴンと交流するのに期待していたようだ。カルムと上手くいっていたのを見て嬉しくなり、注意力が散漫になってしまっていた。

「私の責任です。……ですが、団長もどうして挑発なんかするんですか。反撃すればますます興奮するばかりです。まずは落ち着かせて……」

「そんな理性があいつらにあるとは思えない」

剣を鞘に戻しながら、クラウスは吐き捨てた。にべもない言い方が、レイラの心に突き刺さる。

「……貴方は仮にも、竜騎士団の団長でしょう?」

できるできないではなく、仕事としてやるべきことを優先すべきではないのか。

レイラの指摘は正しく、クラウスも内心それは理解しているのだろう。レイラから視線を逸らす。

「……将来的に魔物を数多く殺せるからってだけの竜騎士団だ。歯向かうならこいつらにだって容赦はしない」

そう言って、クラウスはレイラに背を向けて歩き出した。

「おい、クラウス」

いつの間にかやって来ていたアノンも声をかけるが、彼は振り返ろうとはしない。

「ピィ！」

何も知らないアールが、構ってもらえると思ったのか、マントを揺らす背中に向かって駆けていった。

「ついて来るな！」

「ピ……」

しかしクラウスに怒鳴られ、その剣幕に驚いて硬直する。

その間にクラウスは、どこかへ行ってしまった。

「ピ……ピィイ……」

クラウスに拒絶されたと分かったのだろう。ぺたんと座り込んだアールは大きな目からボロボロと涙を零した。レイラはすぐさまアールのところへ向かう。

「アール」

抱き上げれば、アールはレイラの胸に顔を押しつけるようにして泣きじゃくった。

(団長……)

レイラの仕事は、ドラゴン達の世話、そして竜騎士とドラゴンを繋ぐことだ。竜騎士団が存在して初めて、レイラの仕事は成立する。

人間とドラゴンが共存する国になれば。その一心で、レイラはドラゴンに接してきた。だが竜騎士団の中心である彼があの態度では、レイラがいくら努力したところで無駄なのではないか。

アールを慰めながら、落胆で表情が暗くなる。

ふと、アノンが後ろに立っていると気づき、レイラはゆっくりと振り返った。

「カレンベルク様はどうされますか？」

クラウスを追うのか、それとも……。

「オレは、残るよ。カルム以外にクッキーあげてないし。クラウスの分ももらったから」

先ほどレイラを助けたときに、クラウスはクッキーを落としていたらしい。それを回収していたアノンは、結界内に戻り、フレイル以外のドラゴンの元へ向かっていった。

けれど先ほどのクラウスとフレイルの様子を見ていたドラゴン達は、アノンが近づこうとすれば離れていってしまう。

「おーい！　食わない？　美味しそうだけど！　おーい……」

湖の中に逃げ込んだ水竜に何度かそう呼びかけていたが、無駄足に終わったようだ。

レイラに言われた通り、アノンはクッキーを地面に置いてこちらに戻ってくる。

「ごめん、カルムがすぐに慣れてくれたから、他の子とも仲良くなれるかなって思ったんだけど」

「いえ。すぐには難しいですよね」

レイラですら、同じ空間でドラゴン達が食事をしてくれるようになったのは最近のことなのだ。ひとまずクラウスとアノンの姿を見ても、ドラゴン達が縦横無尽に暴れ回るような真似をしなかっただけよしと思うことにする。

（それでも……さっきのでドラゴン達の警戒は元に戻ってしまったかもしれません）

名前を呼んで振り向いてくれたときの感動を思い出し、レイラは落胆する。

（特にフレイルは、最近攻撃してくる回数が減ったところだったのですが……）

結界内のドラゴン達をちらりと見て――

「……カレンベルク様、見てください」

「へ？　……あ」

　振り返ったアノンの視界に映るのは、アノンが置いていったクッキーを食べるドラゴン達の姿だった。

　といってもレイラ達と目が合えば、食べるのをやめてすぐに飛び立ってしまったが。

「食べてくれたということは、少なくとも私達を有害とはみなしていないと思います」

「そっか！」

「こんなにすぐに目の前で食べてもらえるようになるなんて、さすがです。カレンベルク様にはドラゴン達と仲良くなる素質があるのかもしれません」

　結界外にいるとはいえ、人目のある状態で水竜と風竜が食事をしてくれるのは、レイラにだって数日かかった。それを初日でこなすなんて。

「違うよ。それはレイラちゃんのおかげでしょ」

「え？」

「レイラちゃんがずっとドラゴン達に、人間は味方だって伝えてくれてたから、オレやクラウスが来ても暴れたりしなかったんだと思う。ありがと」

「いえ、そんな……これが、私の仕事なので」

　そう言いつつも、確実に前へ進んでいると実感できることは、嬉しい。

「フレイルにも……伝わればよいのですが。あの子だけ……」

一貫して態度の変わらないフレイルだ。条件は他のドラゴンと同じなのに、一頭だけが心を開こうとしないのには特別な理由があるのかもしれない。

「好戦的な性格である可能性は否めませんが……」

「あー……」

レイラの呟きに、アノンがぼやく。何か知っているらしい口調だ。

「理由をご存じなのですか？」

「多分だけど……あいつは、クラウスが討伐するつもりだったやつだから」

「というと……？」

アノン曰く。

フレイルは元々、人を襲うため駆除してほしい、と依頼されたドラゴンだったという。その討伐に向かったのが、クラウスを始めとする騎士十数人だった。

しかし討伐は直前で捕縛に変更された。ドラゴンを操る術具が完成したので実験的に使用すると決定が下されたためである。

フレイルのおかげで術具の効果が確認でき、他のドラゴンの捕獲にも成功した。そうして竜騎士団が設立され、今に至る。

「フレイル以外は、空腹や怪我で動けなくなったところを捕らえて連れてきたから、あんまオレらを敵とか思ってないのかも？　カルムは最近来たばっかだから余計に警戒心薄いのかもね」

「なるほど」

そんな理由があるのであれば、フレイルがこちらに敵対心を向けるのも当然だ。

「……あのさ、レイラちゃん」

「はい」

「クラウスが、ごめん。ただ……あいつも複雑っていうか、多分、どうしたらいいのか分かんないんだと思うっていうか……」

視線を彷徨わせるアノンは、言葉を探しているようだった。レイラは、やっと涙が治まってすんすんと鼻を鳴らすアールの背中を撫でながら、アノンの話の続きを静かに待つ。

「あいつさ、昔、えっと、知り合いを魔物に……殺されてね。そういった被害がこれ以上増えないようにって、騎士団に入ったんだ。普段あんなだけど、あいつめちゃくちゃ強いから。その実力が認められて、団長に抜擢されたんだけど……皮肉だよな。抜擢された先が竜騎士団なんてさ」

レイラは何も言えなくなる。

もしかしたらその知り合いというのは、クラウスにとって大事な人だったのかもしれない。ドラゴンに知人を殺されたクラウスと、一時とはいえドラゴンと友達になれたレイラ。

ドラゴンに対する自分達の境遇は、あまりにも違いすぎる。

「レイラちゃんからしたらふざけんなって感じかもしんないんだけど、正直オレらもワケありっていうか……まぁ、必死だったのよ。竜騎士団である以上、ドラゴンを扱って成果を出さなきゃいけない。けど相手は敵対してきた魔物じゃん？　いきなり仲良くなれって言われてできるかって話で。その結果が、術具をずっと着けとくこと」

「……」

「厩舎が汚かったのは、ごめん。それはオレらが悪い。誰も世話とかしたことなかったし、なんでオレらがって気持ちがあった。ただ……騎士館とかでアール見かけてさ、ドラゴンって可愛いかもって思うやつも出てきてて。オレもそう。しかもこれからのこと考えたら、やっぱドラゴンと仲良くできるなら、そうすべきだと思うんだよね。……ムシのいい話かもしれないけど」

「……いえ。そう思っていただけただけでも、よかったです」

　アノンの表情から、後悔しているらしいというのは充分に伝わってきた。他の騎士達全員がクラウスのようにドラゴンを嫌っているわけではないと分かったのも、安心する。希望はあるのだ。

「クラウスも、このままじゃダメだってことは分かってると思うからさ。あれでも団長だし。時間かかるかもだけど、オレも説得するから」

「分かりました」

「あいつ、本来は優しいやつだからさ。今頃反省してると思うんだよね。この前も、医務室まで君を運んだのあいつよ？　アールの様子がおかしいってすぐに気づいて、何かあったのかもって」

「そうなのですか？」

　そういえば、誰が運んでくれたのか聞いていなかった。

（それにあの日、団長は私の不調に気づいてくれていて……王都に来る途中で襲われたときも、助けてくれたのは団長で……）

　いつの間にか、彼に何度も助けられていたらしい。

「団長にはあとでお礼を伝えます」

「うん」

　頷いたアノンはドラゴン達を振り返った。それから改めて、レイラとアールに向き直る。

「オレらが今までドラゴン達にしてきたことはチャラにならないけど……これから頑張るからさ、懲りずにオレらに色々教えてくれる？」

　今までの軽い雰囲気から一変して、アノンは真面目な顔でレイラを見つめた。

　アノンの本気を知り、レイラは「はい」と答えようとする。

「ピィ！」

　が、その前に、任せろ！　と言わんばかりにアールが鳴いた。

あまりにもばっちりなタイミングに、レイラとアノンは顔を見合わせる。

「頼もしー！　よろしく頼むよ、アール」

アノンはそう言って笑い、レイラも微かに表情を緩ませた。


その後、アノンは騎士館へ帰っていった。

レイラはドラゴン達に夕食を与え、小屋へ戻ると、アールと共に食事、風呂を済ませた。

ようやくクラウスが小屋に戻って来たのは、風呂上がりのレイラが下ろした髪を櫛で梳いていたときだ。

「団長、夕食は」

共同生活である以上、クラウスの存在を無視はできない。そのためレイラは、彼の分の食事も作って、キッチンに置いていた。の、だが。

「いらん」

クラウスはレイラとアールに見向きもせず、ベッドへ横になった。

どうやら食事も風呂も、向こうで済ませてきたらしい。

「もうお休みになられますか？」

尋ねるが、布団を被ったクラウスは答えない。

(反省しているとカレンベルク様は仰っていましたが……)

無言の背中からは、反省など全く感じられなかった。

レイラは溜め息を吐くと、寝る準備に取りかかる。

レイラとクラウスのベッドは、壁の端と端、一番離れたところに設置されている。さらにリッツは衝立も用意してくれていて、レイラはそれを自分のベッドの脇に置いた。これで、互いの寝顔を見られる心配はない。

(私はあってもなくても構いませんが……団長が嫌がりそうですし)

動物にも、誰かがいると寝られない繊細な子はいた。クラウスもきっとそうなのだろう。いちいち衝立の準備をするのは面倒だが、文句を言われるよりはましだ。

「アール、寝ますよ。……アール？」

傍にいるはずのアールに声をかける。が、姿が見当たらない。

きょとんとしながら部屋の中を見回せば、アールがクラウスのベッドに潜り込もうとしているところだった。

「アール、私達はこっちですよ」

レイラは急いで、ベッドによじ登るアールを抱き上げた。

するとクラウスの布団も引っ張られて、横向きに寝転んでいる姿が露わになる。

「なんだ⁉」

クラウスが飛び起きて、アールから布団を取り返す。

「ピィイイ！」

対してアールは、身を捩り、バタバタと手足を動かしてレイラの腕から逃れようとする。

短い手を懸命に、クラウスに向かって伸ばしていた。

「ピィ！　ピィ！」

「なんでこっちに来る⁉　お前らはあっちだろうが！」

「ピィイイッ」

「だあああうるさい！」

狭い小屋に響き渡るアールの甲高い声に、クラウスが苛立たしげに耳を塞ぐ。

「嫌がらせか……⁉」

「違います、団長」

アールの声量に負けないよう、レイラはクラウスに話しかけた。

「アールはきっと、貴方と一緒にいたいだけです。育ててきた動物も、やはり親子一緒にいられると喜びました」

子は親に甘え、親は子を慈しむ。動物達のそんな場面を、レイラは何度も目にしてきた。

今回だってきっとそうに違いない。特にアールにとって、クラウスが同じ空間にいるなんて初めてなのだ。

　クラウスがムスッとした表情でレイラを見る。耳を塞いでいるので聞こえなかったかと思ったが、そういうわけではなかったらしい。

「……俺は動物と同じか」

「いえ、そういう意味では……」

　他意はなかったのだが、確かに言葉選びを間違えたかもしれない。

「すみません。私は親を知らないもので……無意識におかしなことを言ってしまうこともあるかもしれません」

　クラウスが驚いたような顔になる。それを見たレイラは自分が言葉足らずだと気づいた。

「元々孤児で。十二のときに、クリフォード家に引き取られました」

「……悪い、余計なことを」

　戸惑ったように揺れるクラウスの瞳が、レイラは意外だった。「ふーん」などと、冷たくあしらわれるかと思ったのに。

　優しいと言っていたアノンの言葉を思い出す。

　クラウスはレイラの不調に気づいて声をかけてくれた。術具を外すなと言ったのも、ドラゴンが暴れて騎士や他の人に危害が及ばないようにという一心でだ。そもそも命の危険に晒されるような魔物討伐という仕事を、自分のように魔物のせいで悲しむ人が増えないように、という理由で始めた人なのだ。

（悪い人ではない。だからこそ――その優しさを、少しでもドラゴンやアールに向けてほしいと思うのは、私のワガママなのでしょうか……）

口にしそうになって、けれど伝え方が分からなくて、レイラは言葉を飲み込んだ。また言い争うような真似はしたくない。

「いえ、ただの事実ですので。それより、アールが寝るまではそうしていてくれませんか？　眠ったら私のベッドに移動させます」

話をしている間に、アールはクラウスのベッドに潜り込んでしまっていた。

「なっ……いつの間に」

「ピッ」

「やっぱり、パパの傍にいたいんですね」

「だからパパじゃ……！」

否定しようとしたクラウスだったが、顔を覗かせたアールを愛おしげに撫でるレイラを見て、どこか面食らったような表情になる。

「何か？」

「別に」

クラウスはすぐに顔を背ける。

「……お前、人間にもそうやって愛想よくしてりゃいいのに」

「え？」

「……なんでもない。それよりもういい。寝る」

ドラゴン達の世話をするレイラも、竜騎士団として働くクラウスも、朝は早い。先ほどのようにアールを鳴かせて寝不足になるより、さっさと寝かせてしまう方がいい。

クラウスは不機嫌そうなままだったが、それ以上異を唱えることはなかった。

「では、おやすみなさい。アール、いい子で寝てくださいね」

「ピ？」

アールの頭をひと撫でしたレイラは、そのまま自分のベッドへ向かおうとした。

が、くい、と服の裾を引っ張られる感覚に、目を瞬かせる。

振り返れば、アールがレイラの服を摑んでいた。

「やはりあちらで寝ますか？」

「ピッ」

抱き上げようと手を伸ばすも、何故かアールはクラウスの布団に潜って逃げてしまう。

「ピ！　ピ！」

布団から顔を覗かせて、短い両手で何度もシーツを叩いた。

レイラとクラウスはそんなアールを見下ろし、続いてどちらともなく目を合わせた。

「おい、まさか……」

「……そのまさかのようです」

レイラは小さく唸る。

レイラが離れたら、またすぐにアールは暴れるだろう。だがその目はとろんとしている。

（もうすぐ寝そうですね……なら、ここで下手に拒否するよりも……）

「……失礼します」

アールが眠るまで我慢すればいいだけだと判断したレイラは、手早く灯りを消すと、クラウスの隣へ横になった。

「はあ⁉」

「少し辛抱していただけますか？　恐らく、すぐに眠ると思いますので」

「すぐったって……お、お前はそれでいいのかッ⁉」

「アールが眠ったらすぐに出ていきます」

「そういうことじゃなくてだな……！」

「ピィッ！」

アールは満足そうな顔でレイラとクラウスの間に割り込み、おとなしくなる。

布団の中でぶんぶん揺れる尻尾が腕に当たり、微笑ましい気持ちになっていれば、思ったより近い距離でクラウスと視線が交わった。

一人用のベッドに無理やり二人（と一匹）で寝ているのだ。どうしても狭くなる。自分から横になったとはいえ気まずさを感じて身じろげば、裸の足が彼の足に触れてしまった。

「っ」

クラウスの足がぴくりと軽く跳ねる。

「すみません」

レイラは慌てて謝り、足を引っ込めた。

「ッ——」

クラウスは何か言いかけたが、結局は何も言わず背を向ける。

「とっとと寝ろ」

「ピィ！」

レイラが返事をするより早く、アールがクラウスの背に抱き着いた。

相変わらずその尻尾は右に左に揺れて、アールの機嫌のよさを物語っている。

（そういえば……私も誰かとこうやって一緒に寝るなんて初めてですね）

アールとはずっと一緒に寝ていたが、人間、しかも男性とは初めてだ。

そう思ったら、妙にドキドキしてきてレイラは戸惑った。

（どうしてこんな……いいえ、そんな場合では……そうです、この前のお礼を……）

「あの、団長」

うるさくなる鼓動から意識を遠ざけようと、レイラは声をかける。返事はない。

「……寝ましたか？」

尋ねるが、やはりクラウスは何も応えなかった。

耳を澄ませば、規則正しい寝息が聞こえてくる。もしかすると、クラウスも眠気が限界だったのかもしれない。

（であれば……申しわけないことをしました）

アールを横目に見ながら、レイラは姿勢を正す。

（アールが寝たら移動しましょう）

幸いにも、尻尾の動きは鈍くなってきている。アールが夢の世界に旅立つまでそう時間はかからないだろう。

暗い中目を開けていても仕方ないと瞼を下ろして、レイラはアールが眠るのを待った。

――しばらくしてから、クラウスは閉じていた目を開けた。

背後のレイラとアールの気配に、クラウスは小さく溜め息を吐く。

（さすがにそろそろ寝ただろ）

ゆっくりと首を動かし、クラウスはレイラを振り返った。

「おい」

早く連れていけ、と小声でレイラに声をかける。——が。

（は!?）

レイラがこちらを向いて穏やかな寝息を立てており、クラウスはぎょっとした。

さらにアールが、がっしりと自分の背中に抱き着いている。

レイラを起こそうにも、動けばアールを起こしかねない。そもそもこんなにしっかりと抱き着いているアールを引き剝がそうとすれば目を覚ますだろうし、そうなればまた喚かれるのは目に見えている。

「……嘘だろ……」

一人と一匹の寝息を聞きながら、クラウスは力なく呟くことしかできなかった。


「ピィー！　ピィピィピィィィ！」

朝日に照らされながら、アールが結界の周囲を走り回っている。

その様子を眺めながら、レイラは本日の掃除に追われていた。

フレイルの足元が糞で汚れていたので、近づいて片づける。その際前足を振り上げられたが、レイラは素早く避けた。

（体が軽いですね）

昨夜、気づけばレイラは眠ってしまっていた。目を覚ましたときにはアールはもう起きていて、クラウスもいなかった。

ぐっすりと寝られた自覚はある。だがこの体の軽さの理由はそれだけではないと、レイラはなんとなく察していた。

（きっと……団長のおかげ）

アールに与える生命力が分散されたに違いない。今朝からアールは元気いっぱいだ。レイラも、ここ最近感じていた気怠さがなくなっていた。

（団長には申しわけないですが……正直これは助かります）

気持ちとしてはアールの面倒は一人で見る気満々だ。だが体力が追いつかない以上、クラウスの協力は必須だろう。

（とはいえこれからもアールが眠るまで一緒は狭いですし……いっそ……）

考えを巡らせていれば、カルムが甘えるように擦り寄ってきた。

「おはようございます、カルム」

「キュウ」

鼻を鳴らして応えるカルムが笑っているようにも見えて、レイラも微笑を返す。

（全員一気に慣れるというのは無謀でした。であれば、まずは一頭ずつ）

一晩寝て思考はリセットされた。どれだけクラウスが嫌がったとしても、レイラの仕事は変わらない。

（カレンベルク様も協力してくださると仰っていましたし）

クラウスとアノンには一日も早くドラゴンに慣れてもらいたい。

その交流内容を考えながら、レイラはカルムの体を撫でるのだった。

クラウスとアノンがやって来ると、レイラが声をかけるより先にアールが反応した。

「ピィ！」

「うわっ」

クラウスの足に飛びつき、すりすりと頬を寄せる。

「ピィィ」

「放せ！　おい⁉」

引き剝がそうとするクラウスだが、アールはひっしと摑んで離れない。

むしろキラキラした目をクラウスに向けて「ピィピィ」と甘えたように鳴く。

「放せ！　この！」

「えー、クラウスいいなー。アール、オレのとこにも来ない？」

「がうッ！」

アノンがアールに両手を伸ばしたが、案の定噛みつかれそうになっていた。

「くそ〜、甘えたい期かと思ったのに！」

その様子を見て、もしかして、とレイラは思う。

「昨夜、団長と一緒に過ごしたから、余計に甘えているのかもしれません」

足を振ってアールを落とそうとするクラウスを横目で見やりながら、レイラはアノンに気になっていたことを尋ねる。

「そういえば団長、特に変わった様子はありませんでしたか？」

「レイラちゃん、それどういう意味？」

「アールと一緒にいたことで、団長も疲れたのではないか、と」

レイラの体は軽くなったが、それはクラウスにも負担がかかったということだ。

「確かに、今日一日眠そうだったかも」

「やっぱり……。アールがずっとくっついていたからかもしれませんね」

「え、もしかしてあいつ、アールと一緒に寝たの？」

「はい。あと私も一緒に寝たので狭かったのではと」

「えっ⁉」

　アノンが素っ頓狂な声を上げる。

「クラウス、お前」

「おい、何をペラペラと余計なことを！　不可抗力だ！　それにお前が想像しているようなことは断じてないからな！」

　ぜえはあと肩で息をしながら、こちらの話を聞きつけたクラウスが怒鳴った。

「いい加減離れろ！」

　子どもといえど、さすがドラゴンである。アールはくっついたままだ。

「ピィッ！」

　断固拒否！　のアールを見ていると、昨夜無理やり引き離そうとしなかった結論は正しかったと思えた。もしそうしていたら、今頃疲労と寝不足で倒れていたかもしれない。

「昨夜もあの通りで……。アールが寝たあと移動するつもりだったのですが、つい……」

「レイラちゃんは眠れたの……？」

「はい。朝までぐっすり」

　申しわけなさに眉尻を下げながら答えると、アノンが思いきり噴き出した。

「カレンベルク様……？」

「はいはい、そういうことね。うん、ＯＫ、分かった。あいつ、意外とヘタレだからな」

　どうしてアノンが肩を震わせてまで笑っているのか分からず、レイラはなんともいえない表情を浮かべるばかりだ。

ひとしきり笑ったあと、アノンは涙の浮かんだ目でレイラを見る。

「気にしなくて大丈夫。騎士って体力だけはあるから。で、今日はどんな予定？　昨日と同じ？」

「おい、先にこいつを」

「いえ、今日はやり方を変えようと思いまして」

「おい！」

「こちらへ」

二人を結界内へ案内する。クラウスは舌打ちし、仕方なくアールを足にくっつけたままあとをついてきた。

ドラゴン達を外に出さないための結界ではあるが、アールは通れるようにしてもらっている。ちなみに特定のドラゴンを外に出したいときは、術具を操作すればできるようにもなっていた。

「こちらから先は行かないようにしてください。フレイル用にもう一つ結界を張っていまして、ここまでであれば、あの子から攻撃を受けることはありません」

フレイルが自由に動けるだけのスペースを確保しつつ、ギリギリまで近づけるようにする。クラウスとアノンが帰れば解除する予定だ。

　フレイルがおとなしくなるまでは、しばらくこのやり方を試すつもりでいる。

「カルム」

　隅で草を食んでいたカルムへ、レイラは歩み寄った。

「キュ」

　近づいてくるレイラ達を、カルムは和やかに出迎えてくれる。

「団長にはまず、この子と仲良くなっていただきます。勝手ながら昨日、団長が魔物を嫌う理由を聞かせていただきました」

　レイラの報告に、クラウスがギロッとアノンを睨みつけた。誰がレイラに言ったのか、すぐに察しはついたらしい。

「理解も納得もできました。ですがやはり、貴方が竜騎士団団長である以上、ドラゴンとの触れ合いを拒否するのは、職務怠慢であると思われます。術具なしで竜騎士団としての活動を促すのが私の仕事であり、そのためには、団長とドラゴンの交流は絶対です。カルムは私やカレンベルク様にも慣れていますし、団長にも心を開いてくれると思います。歯向かわなければ問題ないんですよね？」

　歯向かえば容赦はしないと言ったセリフを逆手に正論で論破され、クラウスは反論ができないようだ。押し黙っている。

「術具があればドラゴンに乗れる、ということは、彼らに触れること自体は問題ないということでもあります。なのでまずは、カルムから」

　カルムを手招きし、クラウスの前へ連れていく。

「キュウ」

「っ」

　笑顔で近づいてくるカルムから、クラウスは後退ろうとした。が、そんなクラウスをアノンが羽交い締めにする。

「アノン⁉」

「やー、これも大事なお仕事だし」

「てめっ」

　アノンの腕から逃れようとするクラウスだが、アノンも負けてはいない。身動きのとれないクラウスの手に、カルムが自ら頭を擦り寄せる。

「おい！　やめろ！　命令だ！」

「聞こえませーん」

「私も、おいという名前ではありませんので」

「お前ら……ッ」

　ギリッと歯噛みしたクラウスが「あとで覚えてろよ……！」と低く吐き捨てる。

　カルムは嫌がるクラウスを特に気にしていないようだ。くんくんと匂いを嗅いだり、握った拳を舐めたりしている。

　クラウスが小さく悲鳴を上げるが、案外すぐに絆されるのではないか、とも思われた。

「ピィィィ！」

　アールが叫び出すまでは。

「アール⁉」

「ピピッ！」

　驚くレイラの前で、アールはよじよじとクラウスの足を伝い、腹部まで移動する。そしてカルムに向かって「がうっ」と吠えた。

「ウゥ……ッ」

　唸るアールを、カルムはしばらくの間見つめていた。が、不意にクラウスから離れる。

「アール？　カルム？」

「ピィ……！」

　首を左右に振りながら、アールがクラウスにぎゅーっとしがみつく。

「……あ」

　困惑して無言だった中、まず口を開いたのはアノンだ。

「もしかしてアールさ、クラウスのことカルムに取られるって思ったんじゃない？」

　アノンの仮説に「え？」とレイラはきょとんとする。

「目の前でパパが他の子と仲良くしてたら、そりゃ嫌だよなー」

「誰がパパだ！」

アノンはクラウスから手を放すと、カルムの元へ行き、撫で回し始める。

「カルムもそれが分かったからおとなしく離れたんじゃない？　めっちゃ賢(かしこ)いじゃんね！」

「キュ」

声を上げるカルムも、まさしく、と言いたげだ。

さすがのクラウスも、そんな風に言われてしまうとアールを引き剝がしにくいらしい。されるがままになっている。

(どうしましょう……)

まずはカルムと触れ合って慣れてもらいたかったのだが、アールがそこまで嫌がるのであれば強行はしたくない。かといってドラゴンとの交流をやめさせるわけには……。

「てかさ、ドラゴンに慣れさせるってのが目的なら、アールでよくない？」

レイラが悩(なや)んでいることに気づいたらしいアノンが、そう進言してきた。

「アールだったら、クラウスもそこまで拒否反応ないっぽいし。代わりにオレはカルムと、あとあの辺りの子達相手にしてくんね。気になる子……ってか、オレはやっぱりずっと乗ってきた子と仲良くするところからかなって。水竜の……名前、クレードだっけ。いい？」

「はい、もちろんです」

「んじゃカルム、一緒に行こ」

「キュ！」

アノンとカルムは、湖のところへ走っていく。

その場には、レイラ、クラウス、アールが残された。

「では団長、そういうことですので」

「そういうって……」

「アール、おいで」

「ピィ？」

一旦、レイラはアールとクラウスを離す。しがみついていたアールだったが、レイラが呼べば素直に従ってくれた。

そのままレイラは、クラウスの腕にアールを抱かせる。

「ま、待て！　抱き方なんか分からん！」

「肘のところに頭をのせて、腕で背中を支えるように……」

焦るクラウスにレクチャーする。

「……何故不格好なのでしょう……？」

言う通りに抱かせたはずなのに、妙にバランスが悪い。肘が伸びすぎているのか、落とすまいと変なところに力が入っているせいなのか。

「俺が知るか！」

「まあ……大丈夫でしょう」

騎士として鍛えているクラウスの腕は、アールを支えるのに支障はない。

「そのままお腹辺りを撫でてあげてください」

渋々と、クラウスがアールのお腹に片手を当てる。

「……随分腹が出てるな」

「子どもなのでこんなものだと思います」

押し返してくる弾力に、クラウスはどこか不思議そうな顔だ。

「というより、それでは触っているだけです。撫でてください」

「……こうか？」

指先をそろりと動かす。くすぐったそうにアールが身を捩った。

「動くな！　落ちる！」

「ピィ？」

「もっとアールを引き寄せてください。腕と、自分の胸で支えるようにして……あと撫で方ももう少し力強くていいです。子どもといえど、ドラゴンは強いので」

重ねるようにして、クラウスの手のひらごとアールのお腹を撫でる。

思ったよりクラウスの手は大きくて、レイラの手からはみ出していた。骨ばって硬い感触は、アールや他のドラゴン、今まで触れてきたどの動物とも違っている。

「ピィ」

さすられて、アールは気持ちよさそうにしていた。

「こんな感じです」

「っ……分かった。分かったから、もういい」

「本当ですか？　私が離した途端にやめませんか？」

「やめねえって！　だから離れろ！」

そこまで言われれば、離れざるを得ない。

レイラの手が離れても、クラウスはアールを撫で続けた。その頬が赤いような気がするのは、抱くのに慣れていなくて無理でもしているからなのだろうか。

「いつまでするんだ、これは」

「もちろんアールの気が済むまでです。もしくは別のことで気を逸らしたり」

「別って」

「そうですね。最近だと、いないいないばあとか好きですよ」

「いないいないばあ……」

「知りませんか？」

「そういう意味じゃない」

見本を見せようと、レイラはアールを覗き込む。顔を両手で覆って、ぱっと開く。

「ばあ」

「ピィッ」

嬉しそうにアールが両手を上げた。

「ぶっ」

「……なんですか？」

クラウスに噴き出されて、レイラは首を傾げる。

「いや、だって……お前、そんな無表情で……」

くっくと笑いながら、クラウスが肩を震わせている。

そんな反応をされてしまうと、さすがのレイラもなんだか恥ずかしくなった。耳が熱くなるのを自覚する。

「ア、アールは喜んでいるので。それか、団長が見本を見せてください」

「嫌だ」

「ほら、アールも期待して待っていますよ」

「絶対しねえ！」

そんな話をしていたレイラは、ふと、遠くにいるアノンと目が合った。

アノンはカルムと水竜の二頭に囲まれながら、レイラとクラウスに向かって、ぐっと親指を突き立てる。

「いい夫婦やってんじゃん」

「違います」「違う」

間髪容れず、レイラとクラウスは声を揃えた。

お風呂上がりで体をぽかぽかさせながら、アールは満足げにシーツに転がっていた。

「ピィ……」

嬉しそうなのは、クラウスに思う存分構ってもらえたからだろう。

その様子が微笑ましくて、ベッドに腰かけたレイラの表情もつい綻んでしまう。

そこに、クラウスが帰ってきた。

彼は今日も、騎士館で食事や風呂、着替えを済ませてきたようだ。

「おかえりなさい、団長」

ああ、と返事をしようとしたクラウスだったが、部屋の中を見た瞬間目を大きく見開く。

「なんだこれは⁉」

「団長、いきなり大声を出すとアールが驚きます」

「どうでもいい。それよりどういうことか説明しろ！」

どうでもいいと言いながらも声量を抑（おさ）え、クラウスはレイラを睨みながら低く問うた。

「また昨夜のようなことがあっては困りますし、リッツ様に準備していただいたのです」

壁の端と端にあったベッドは消え、代わりに、大人二人で寝たとしても充分な広さのベッドが鎮座（ちんざ）していた。そこに腰かけているレイラの傍では、アールがうとうとしている。

「……ソファーで寝る」

「体を痛めます」

「一体どうしたらこういう考えに至るんだお前は⁉」

「ですから、アールと私達の体調を考えると、就寝（しゅうしん）は共にした方が都合がよく……」

「そうじゃない！　俺は男で、お前は女だ！　その時点で気づけ！」

「しかし団長は、私をそうは見ておられないと……きゃっ⁉」

乱暴に近づいてきたクラウスが、レイラの手首を掴んで引っ張る。シーツに倒れ込んだレイラを、ベッドに片膝（かたひざ）をついたクラウスが覗き込んできた。

咄嗟に身を起こそうとするが、掴まれた手首はシーツに押しつけられた状態で動かない。

「これでもか？」

切れ長の目に、冷たく見下ろされる。この表情、瞳には覚えがある。敵に対して抱く警戒と反発の色。

(フレイルと同じ……)

レイラは顔色一つ変えず、クラウスを見つめ返した。

「…………おい」

「はい」

「何か言え」

「何かと言われても……」

レイラがもっと暴れると思っていたのだろうか。優位であるはずのクラウスの方が狼狽しているように見えた。

「ピィ……?」

ころん、とアールが転がった。

その瞬間クラウスは、レイラから勢いよく離れる。

「別に今のは違……ッ」

「団長、アールは寝ています」

子どもに見られたらまずいと思ったのか、慌てるクラウスにレイラは言う。

(団長は……悪人ではない)

何度かクラウスに助けられた。アールにだって、言葉や態度がきついこともあるが、かといって本気で拒絶することもない。

今のだって、レイラのことを考えての行動だと理解できる。

「……お前、今のでもなんとも思わないのか？」

「どうしてものときは術具を使います」

レイラの体の至るところ——それこそ服を着て見えない部分にも、リッツから渡された術具が、いくつも装着されていたりする。

「……あっそ」

「それに、私は団長のことを信頼します」

最初は正直、なんなんだこの人は、と思った。だが少しずつ、彼の考えが分かってきた。

（ドラゴンとは分かり合えると思ってきました。そしてそれはきっと、団長達でも同じ）

ドラゴンだけでなく、クラウスともちゃんと向き合おうと思った。

今まで動物達としてきたように、クラウスともきっと、お互いを理解し合えるはずだ。

クラウスは驚いたようにレイラを見つめ——ハア、と息を吐いた。

「……気にしてる俺がバカみてえじゃねえか」

独りごちたのち、ハッとしたようにレイラを睨む。

「そういう意味じゃないからな！」

「そういうとは？」

「なんでもねえ！」

荒い動作で、クラウスはアールを挟んだベッドの端に、背を向けて寝転んだ。

どうやら同じベッドで眠ることを許諾してくれたらしい。……諦めた、という方が正しいのかもしれないが。

「……そういえば団長、ありがとうございました」

灯りを消して横になったレイラは、クラウスの背中へ声をかける。

「何が」

「倒れていた私を運んでくれたのは団長だと、カレンベルク様が」

「あいつ……」

「ドラゴン達に団長や皆様がしてきたことは、許せません。でも……だからといって悪い人ではないことは、分かりました。騎士になった理由も、団長になった経緯も……」

「……あいつはすぐに、なんでもペラペラ喋りやがって」

それきりクラウスは無言になる。

しばらく待っても沈黙が続いたので、もう話をする気はないのかとレイラも目を閉じる。

「……だから俺は、魔物が――ドラゴンが、嫌いだ」

不意に、クラウスが呟いた。

「竜騎士団になっても、ですか？」

「ああ」

「アールもですか？」

会話が止まる。

「……寝ろ」

それきり、クラウスは何も言わなかった。

「ピィ……」

アールがぐるんと半回転し、クラウスの背中に張りつく。

クラウスは一瞬身じろいだ。が、アールを退かそうとはしない。

もちろん、そんなことをすればアールが起きて喚くのは目に見えている。それが嫌なだけかもしれない。

(それでも――)

くっついて離れないアールの背中と、されるがままのクラウスの背中に、レイラはなんだか胸が温かくなった。

人間に比べて、成長の早い動物は多い。それは魔物――ドラゴンも例外ではなく、むしろアールの成長速度には目を見張るものがあった。

数日で完璧に歩行し、食事も最初はすり潰したり煮込んで軟らかくしたものばかりだったが、一ヶ月も経てばパンくらいは余裕で食べられるようになった。身長も数センチ伸びた気がする。

少しワガママなところはあるが、それ以外は特に問題なく、いい子に育ってくれている……はずだった。

「ピィイイイ！　ピィイイイイッ！」

聞こえてきたアールの泣き声で、レイラはゆっくりと起き上がる。

「アール、どうしましたか？」

「ピィイイイッ！」

寝起きでぼやけた視界の中、手探りでアールを探して抱き上げる。レイラに抱かれてもアールは泣くのをやめず、短い手足を動かして暴れていた。

(最近、夜泣きがひどいですね……)

　ここ数日、真夜中にアールは泣いてばかりだった。夢見が悪いのか、眠くてぐずっているのか、成長痛なのか。残念ながら理由は分からない。

　ただしばらく辛抱強く抱いてあやしていれば、次第に泣き止んでくれるのは経験済みだ。

　眠い目を擦りながら、泣き喚くアールの体をゆっくりと揺らす。

「……チッ」

　ふとアールの泣き声に混じって、クラウスの舌打ちが聞こえてきた。

「すみません、起こしてしまいましたか？」

「うるさい……黙らせろ」

　こちらに顔を向けることもなく、クラウスは頭まで布団を被ってしまった。

「……アール、外に出てみましょうか」

　クラウスの邪魔をしないように気をつけながら、レイラはベッドから下りる。暴れるアールを落とさないように気を遣いつつ、静かに小屋の外へ出た。

　夜に慣れた目は、月明かりだけで充分周囲を確認できる。

「ピィィィィィィ」

　アールの声に、眠っていたドラゴン達が薄らと目を開ける。しかしすぐに閉じた。

「怖い夢でも見ましたか？　もう大丈夫ですよ」

「ピィィィ！」

優しく声をかけてみるが、アールが泣き止む気配はない。

果たして今夜は、どのくらいで落ち着いてくれるのか。

仕方ないと分かっているが、連日の睡眠不足はきつい。

欠伸を漏らしたレイラの視界の隅で、何かが動くのが見えた。結界内に顔を向ける。

「カルム」

レイラ一人乗せるのが精いっぱいの小さな体で近寄ってくるカルムに、レイラは慌てた。

温厚な性格ではあるが、さすがに夜中に起こされて怒っているのかもしれない。結界ギリギリまでやって来るカルムから、レイラは距離を取らねばと一歩下がる。

だが、突如カルムはレイラ達にお尻を向けた。太くて大きな尻尾が、ゆったりと左右に揺れる。

「ピィィ……ピィ……？」

背中を仰け反らせながら泣いていたアールも、カルムの尻尾に気づいたようだ。

目をぱちくりとさせながらカルムの尻尾を眺めている。

「もしかして……あやしてくれているんですか？」

思わず呟けば、返事のようにブゥンとカルムが鼻を鳴らした。

振り返ったカルムの目が、もっと近づいてきてと言っているような気がして、レイラは躊躇いつつも結界越しにカルムの前に立つ。

ぐるん、とカルムの尻尾が回る。

「ピィ！　ピィ！」

その様子が面白かったのか、手を叩いてアールが笑い出した。

機嫌よくなったアールに、レイラはほっと胸を撫で下ろす。

「ありがとうございます、カルム」

声をかければ、カルムは返事の代わりに、二度、三度と尻尾を回して、さらにアールを喜ばせてくれたのだった。


「ピ、ピ！」

アールが大きく腕を振りながら、ぽてぽてと人工森を歩いている。時折レイラを振り返ると、嬉しそうににこっと笑った。

「アール、騎士館はこっちですよ」

今朝ドラゴン達へ朝食をあげる際、餌が随分と減っていることに気づいたレイラは、買い出しの許可をクラウスへもらいに行くことにした。また、こうやってアールを歩かせれば、疲れて夜ぐっすり寝てくれるかもしれないと思ったのだ。

「ピッ」

レイラに言われて、アールは元気のいい返事をして方向転換する。

小さな後ろ姿は、昨夜仰け反って大泣きしていたものとは大違いだ。

「ピィ！」

ふとその背中が駆け出した。

「どうしましたか？」

「ピ！　ピィ！」

はしゃぐアールの前にあるのは、色とりどりの花だった。

貴族達も遊びに来る人工森は、あらゆるところに花が植えられている。舗装された道の脇では、立派な花びらが日に輝いていた。

「綺麗ですね」

横へしゃがんで応える。

アールは興味深げに花を眺め、不意にそれを手折ろうとした。

「いけません」

慌ててレイラは止める。

観賞用の花は貴族達の間で管理されているのだ。勝手なことはできない。

「ピィ？」

しかしその理屈をアールに伝える手段はない。シュン、とアールは落ち込んでしまった。

意地悪をしたつもりはないのだが、悲しげな様子に胸が痛む。

と、立派な花に混じって、小さな野花が咲いていることに気がついた。

「アール、こちらなら大丈夫ですよ」

「ピ？」

レイラは白いそれを茎ごと折る。そしてアールの腕に巻いた。

「ピィ！」

途端にアールは目を輝かせ、腕輪となった花をしげしげと見つめた。

「ピピィ！」

「はい。貴方のものです」

ビッ、と腕を伸ばして花を主張したアールは、ピィピィ鳴きながら元気よく歩き始めた。

しばらくして人工森を抜け、城を通り過ぎ、レイラとアールは訓練場に辿り着いた。

そこではちょうど騎士数人――竜騎士団員が剣を交えているところだった。

「アール、団長はあそこです」

紅いマントが靡くのを見つけ、レイラはアールを抱き上げると指を差す。

　クラウスとアノンが手合わせをしているところだった。アノンの振り上げた木剣をクラウスが木剣で受け止める。互いの力が拮抗し、このままでは埒が明かないと悟ったのか、一瞬で距離を取る。

　アノンの動きにおかしなところはない。それなりの使い手であろうことは分かるが、それ以上にクラウスの動きは軽やかで、どちらが強いかは火を見るより明らかだった。

　そしてそれを証明するかのように。

　クラウスがアノンの木剣を弾く。グリップから手が離れることはなかったものの、アノンはバランスを崩した。その首元に、クラウスが木剣の先を突きつける。

　マントと、彼の黒髪が風にそよぐ。剣を構える凛とした姿は、いつもの雰囲気と異なっていて、ついレイラはクラウスを見つめてしまっていた。

「ピィィィィッ！」

　静かなレイラの代わりに、アールが甲高い声で叫ぶ。

　驚いたようにクラウス達が振り返ると同時に、アールはレイラの腕から飛び降りて走り出した。

「アール!?」

　一目散にクラウスの元へ向かうアールを、我に返ったレイラは急いで追いかけた。

　だが今に限って四足歩行で駆けるアールはいつも以上に速く、なかなか追いつけない。

結局レイラがアールに追いついたときには、クラウスのマントを摑んで何やら吠えるように鳴いていた。

「な、なんだ、いきなり⁉」

「すみません、邪魔をしまして。アール、おいで」

「ピィィィ！」

　抱き上げようとするが、アールは逃げる。クラウスのマントを摑んだまま、彼を中心に円を描くように走り出したせいで、クラウスの体にマントがまとわりついてしまう。

「待ちなさい、アール」

「ピィィ！」

「おい、やめろ！」

　しばらくしてようやくアールを捕まえた。が、アールは抱っこを拒否し、やはりマントを放そうとしない。

「申しわけありません。大変失礼しました」

「や、ちょうど休憩に入るとこだったから平気だよ～。んじゃ、みんなも休憩ね」

　頭を下げるレイラに応えたのはアノンだ。他の騎士達は、レイラとアールを気にする様子を見せながらも、体を休めるために離れていく。

「お前が勝手に仕切るな」

「いいじゃんいいじゃん。それよりレイラちゃん、どうしたの？」

「夜泣き防止の運動を兼ねて散歩と、あと団長に……」

「ピィイイイイッ！」

レイラを遮るように、アールが声を張り上げた。

「こいつ、さっきからなんなんだ？」

アールからマントを引っ張って取り戻そうとしながら、クラウスが顔を歪める。

遠慮ない叫び声に、さすがのレイラも顔をしかめつつ、けれど唇の端を笑みの形に緩めた。

「団長の姿に興奮しているのだと思います。格好よかったと」

「え」

「ピィイッ！　ピ！　ピピ！　ピィッピ！　ピィイイ！」

何かを懸命に訴えているアールだが、その言葉はもちろん分からない。しかし表情や動きから、クラウスを褒めていることは伝わってくる。

クラウスも悪い気はしないらしく、珍しく眉間の皺がなくなっていた。

「よかったじゃん、クラウス。やっぱ子どもって父親の背中見て育つんだな」

「ちっ、父親じゃない！」

アノンにほのぼのと言われて、ハッとクラウスが我に返る。

「別に、ドラゴン、しかも子どもにそんな風に思われてもな」

腕を組み、ふん、と横を向くクラウス。

「素直じゃないの」

「うるさい！」

クラウスのツッコミと共に飛んでくる蹴りを避けたアノンは、笑いながら「オレ、喉渇いたから」と飲み物を取りに離れていった。

「で？　用件は？」

「あ、はい。ドラゴン達の食料を追加したいので、その許可をもらいに来ました」

「別に報告せず先に買ってくれたらいいが」

「緊急のときはそうなると思いますが、基本的には事前に」

「まあお前がそう言うなら」

「リストはこちらです」

提げていた鞄から、レイラは紙を取り出す。受け取ったクラウスは、びっしりと書かれた内容に、一瞬目を丸くした。

「……細かいな」

「一頭一頭好みも違いますので。例えばカルムは、肉もですが、野菜や果物、特に林檎が好きです」

「六番か」

「カルムです。いい加減名前で呼んでください」

カルム＝六番だとすぐに分かるのは、覚えているということである。だが頑なにクラウスは、ドラゴンを名前で呼ばない。

「あの子なんですが、昨夜――」

「そいつの分はいらない」

アールの夜泣きを助けてくれたことを話そうとしたレイラだったが、クラウスに冷たく言われて目を瞬かせる。

「あいつは……処分が決まった」

「……え？」

レイラの体が硬直する。一体何を言われたのか。頭では理解できても、突然のことにどうすればいいのか分からなかった。

「何、故……」

「俺達を乗せることもできなければ、飛行能力も低い。術具を使用しても現場に出すことはほとんどなかった。使えないものはいらない。上からの命だ。仕方ない」

「っ……⁉」

「ピィ……？」

わなわなと体を震わせるレイラを見て、アールが首を傾げている。レイラとクラウスの様子がおかしいと雰囲気で察しているのか、クラウスのマントを両手で掴んで動かない。

「仕方ないって、そんな一方的な……！」

アールを邪険にするときもあるが、それでも最近では少しずつ心を許してくれたように思っていた。それなのに……。

咄嗟にレイラは足を踏み出す。

「どうした？」

そこにアノンが割り込んできて、頭に上っていた血が幾分か下がった。

「また夫婦喧嘩か～？　アールが見てる前ではやめとけって」

どうやらレイラとクラウスの様子に気づいて、戻ってきてくれたらしい。

「……いえ」

「そういうんじゃ」

「そういやアール、腕にいいもんつけてるじゃん。似合うよ？」

「ピィ……」

場を和ませようとアノンが声をかけてくれるが、全員どう反応すればいいのか分からず、微妙な返事になってしまう。

「……行きましょう、アール」

レイラはアールを抱き上げる。マントを無理やり放させ、キッとクラウスを睨んだ。

何か言ってやりたくて口を開いたが、かといって言葉は出てこず、レイラはそのまま踵を返して訓練場をあとにする。

「ピィ……」

腕の中で、アールはじっとそんなレイラを見上げていた。


その日、クラウス達とドラゴンの交流はなかった。王都周辺の見回りという仕事が急遽入ったため、とのことだった。

最近、そうやって交流をしない日が度々あった。単に忙しいだけだろうと思っていたのだが、カルムの処分を聞いたあとだと、本当に仕事で来られないのか疑ってしまう。交流や世話が面倒になったのではないだろうか、と。

そんなモヤモヤを抱えてしまうとクラウスと顔を合わせるのも嫌で、レイラは夜、ベッドではなくソファーで寝た。

仕事を終えて帰ってきたクラウスと一言も話さず、目すら合わせようとしない二人の姿に、アールも何かを感じ取っているのか、レイラの体の上でおとなしく眠っていた――のだが。

　ふと目を覚ましたレイラは、どこにもアールの感触がなくて眉を顰める。

「……アール？」

　身を起こし、暗い部屋の中を見回す。

　しかしアールの姿はなく、気配すら感じられない。

「アール……⁉」

　と、そこでレイラは、どこからか風が流れ込んできていることに気がついた。

（まさか……⁉）

　灯りを点ける。寝る前に閉めたはずの扉が、微かに開いているのが見えた。

「……っ……何して……」

「団長！」

　眩しさに声を上げるクラウスへ、レイラは駆け寄る。

　寝癖のついた前髪の向こうから、不機嫌な瞳が覗く。けれどレイラの様子がおかしいと悟ったのか、すぐに表情が変わった。

「……どうした？」

「アールがいないんです！　もしかしたら外に出たのかも……！」

　外は真っ暗な森だ。城の敷地内なので危険な動物、魔物はいないだろうが、迷子になってどこかで泣いていたら……無茶はしていないか……焦る気持ちばかりが募る。

「落ち着け」

「でも……ッ」

「あの小さな体じゃ遠くまでは行けないはずだ。探すぞ」

ベッドから降りたクラウスは手早く靴を履くと、術具を手に小屋を出る。レイラも慌てクラウスの背中を追った。

「アール！　どこですか⁉」

小屋の周囲を、クラウスと手分けして探す。ドラゴンが自分達を窺っているのが視界の隅に映った。しかし彼らは興味深げに眺めてはくるものの、動こうとはしない。

「いたか⁉」

「いえ……」

結界内を含めて小屋の周囲を見てみたが、アールはいなかった。

（一体どこに……⁉）

アールが自ら、レイラやクラウスから離れたことはこれまでなかった。だからアールがどこに行ったのか、レイラには全く見当がつかない。

「森の中で迷子になったのかも……私、見てきます！」

「待て！　いくら城の敷地内とはいえ夜だぞ！　暗くて視界も悪いし、お前だって迷うかもしれない」

「ですが……！」

「キュ」

そんな中、背後から聞こえてきた声に、レイラとクラウスは振り返った。

「カルム……」

結界ギリギリのところに、カルムが立っていた。

カルムは鼻を鳴らしながら、レイラとクラウスを見つめ、そのあと森へ目を向ける。

「──アールはあっちに行ったのですか？」

「キュウ」

レイラとクラウスが咄嗟にその方角へ向かおうとすれば、何故(なぜ)かカルムは激しく鳴いた。

レイラ達を引き止めたいらしい。実際二人は、その声に驚いて足を止めた。

カルムにじっ、と見つめられる。

「……アールがどこにいるか、知っているんですか？」

「キュウ！」

カルムの尻尾が大きく揺れた。

「連れて行ってください！」

「待て！」

カルムに駆け寄ろうとするレイラの手首をクラウスが摑む。

「まさか結界から出す気か？　何をするか分かったもんじゃないんだぞ」

「団長の思うようなことにはなりません。もしその気があるのなら、とっくの昔に襲われていたはずです。それにカルムは、そんな子じゃないんです」

クラウスの手を振り払い、レイラは彼を真っ直ぐに見上げた。

「私はこの子のことを信じます。信じなければ始まりません。……カルム、こちらへ」

レイラはカルムを呼び、結界の隅へ移動する。結界を作り出す術具は四つ、ドラゴン達を囲む形で四方に置かれているのだ。

「『我、彼を通さんと望む』」

術具に触れ、唱える。レイラの意思と言葉が術具に流れ込み、結界はカルムを拒むものではなくなった。

レイラの隣へやって来たカルムの尻尾が数度地面を叩き、折りたたんでいた翼を広げる。

「おい！」

「大丈夫です！　乗れということでしょう」

クラウスを無視して、レイラはカルムの背に飛び乗った。岩のように硬い鱗の感触が、太ももの裏から伝わってくる。

レイラ一人を軽々と乗せることのできる体だが、逆にいえば女性一人しか乗せられない。

けれど今は、それで充分だ。

「カルム、お願いします！」

レイラの声を合図に、カルムが走り出した。重い足音が響き、地面に足跡を残していく。

「っ……」

振動で落ちないよう、レイラはカルムの首に腕を回す。

直後、カルムの体が大きく揺れた。翼がはためき、夜空に向かって飛び立っていく。

「わ……っ」

見る見るうちに地面が遠くなり、クラウスや他のドラゴン達が小さくなっていく。

月明かりに照らされる緑が、見下ろす視界いっぱいに広がった。

飛んでいるというのにあまり恐怖を感じないのは、アールへの心配が勝っており、且つ、思ったより高度が低いからだった。カルムの飛行高度はどうやら、高い木スレスレのところまでらしく、それ以上上がることはない。

「キュ」

旋回していたカルムが鳴いた。ゆっくりと降下し、木々の隙間から地面に降り立つ。

そこには、木の根元に座り込む、アールの姿があった。

「アール！」

「ピ？」

叫べば、アールが顔を上げる。レイラの姿を確認したアールは、勢いよく立ち上がると、レイラとカルムに駆け寄ってきた。

「ピピィィイ！」

「アール！」

カルムから飛び降り、レイラもアールの元へ向かう。

飛びついてきたアールをしっかりと抱き締めた。

「ピ、ピィ！　ピ、ピッ、ピィィ……！」

「一体こんなところで何をして……」

ぐりぐりと頭を擦りつけてくるアールに、心配半分、怒り半分で声をかけようとしたレイラは、アールの手に握られているものに気づいて、ぽかんとした。


来たときと同じようにカルムの背に乗せてもらって、レイラはアールと共にクラウスのところへ帰ってきた。

「おい！」

カルムが地面に着地すると同時に、小屋の傍でウロウロしながらレイラの帰りを待っていたらしいクラウスが、すごい剣幕で歩み寄ってくる。

「ピッ……！」

咄嗟にアールは俯くと、頭を押さえて――といっても短い手は頭のてっぺんまでは届いていなかったが――ぷるぷると震えた。

「団長、待ってください」

クラウスの雷が落ちる前に、レイラはアールを抱いたままカルムから降りる。

「確かにアールは勝手に外に出ました。それはいけないことだと思うんです。ただ……」

「ピィ……」

レイラの前で足を止めたクラウスに、アールがおずおずと持っていたものを差し出す。

今の季節であればどこにでも咲いている花を見て、クラウスの眉間に皺が寄った。

「……なんだこれは」

「アールは私達の様子がおかしいのに気づいて……仲直りをさせたくて、この花を探していたのかと」

クラウスから見れば、なんの変哲もない野草だ。けれどアールにとっては、今日初めて腕に巻いた、特別な花。自分が嬉しかったから、レイラとクラウスに渡せば喜んでくれるに違いない――そんなことを考えたのだろうと、レイラは思っていた。

「は？　こんなただの……」

文句を言おうとしたクラウスだったが、泣きそうに自分を見上げてくるアールの瞳に、開きかけていた口を閉じる。

溜め息を吐きながら緩慢な動作で屈み、アールと目線の高さを合わせた。

「ピィ……」

怒られると思ったのか、か細い声でアールは鳴くと、ぎゅっと目を瞑った。

「……俺にか？」

「ピ？　ピ……ピィ！　ピピ！」

そう言って花を受け取ったクラウスに、アールは一瞬きょとんとした。けれどすぐに、嬉しそうに何度も頭を縦に振る。

「よかったですね、アール」

「ピィィッ」

先に受け取っていた花を指先で遊ばせながらレイラが言えば、アールは嬉しそうに振り返り、レイラの腕から下りて走り出そうとした。が、その前にクラウスに首根っこを掴んで止められる。

「ピ？」

「だが夜に一人で外に出るな。出るならこいつか俺を呼べ」

「……ピィ」

クラウスの真剣な目を見て、アールは小さく頷いた。

それからクラウスの手が離れると、「ピィピィ」と鳴きながら、クラウスの足にぎゅーっとしがみつく。

「……本当に分かってるのか？」

「はい。伝わっています。絶対」

アールを一緒に探してくれたこと。危ないと叱ろうとしたこと。レイラだけではなく「俺を呼べ」と言ったこと。クラウスに自覚はないのかもしれない。だがレイラの目には、多少なりともクラウスがアールに心を許しているように見えた。

「……なら、いいが」

クラウスはアールを引き剝がすこともせず、無意識にかもらった花を指先でくるくると回している。子ども相手に何を言っても、何をしても、無駄と思っているのかもしれない。だとしても、レイラは嬉しかった。

「団長、ありがとうございました。カルムも。本当に――」

首を撫でて感謝を伝えれば、応えるようにカルムはレイラの頰を舐める。優しい瞳と目が合って、レイラは微笑んだ。

水を入れたコップに花を挿して、クラウスはレイラとアールと共に眠りに就いた。同じベッドに入ったのは、一緒にいなければアールがまた小屋を抜け出すかもしれないと思ったから仕方なく、だ。

暗い中で目を閉じれば、すぐにレイラの寝息が聞こえてきた。疲れていたのだろう。

クラウスも早く二度目の眠りに就こうとするがなかなか上手くいかず、寝返りをうつ。

そのとき視線を感じた気がして、瞼を上げた。

「……」

レイラの寝顔を背景に、まだ起きているアールと目が合った。

しばし沈黙。

「……ぴぇ」

不意にくしゃっとアールの表情が歪んで、クラウスは慌てた。

「泣くな！」

咄嗟に起き上がると、アールの口を塞ぎ、小脇に抱えて小屋を出る。

「お前を探してあいつは疲れてるんだぞ」

普段のドラゴン達の世話はもちろん、ここ数日間のアールの夜泣きに加え、今回など夜中にアールを探し回ったのだ。

今、レイラが反応すらしなかったのがその証拠である。

——そしてすべてに非協力的だった自覚のあるクラウスは、さすがに今晩の夜泣きまでレイラに押しつけるのは悪いと思った。

そのため、レイラを起こさないようアールを外に連れ出した……のだが。

「ピィィィ……！」

「あー、くそ」

ぐずぐずと泣き出したアールに舌打ちを漏らす。

アールだって疲れているはずなのだから、さっさと眠ればいいのに。いや、眠れないからぐずっているのか？

レイラがどうやってアールを抱いていたか思い出し、ぼんやりとした記憶を頼りに横抱きで揺らしてみるが、正しくできているのか分からない。

「ピィィィッ」

「うおっ！」

しかもその状態でアールが暴れるものだから、落とさないようにクラウスは必死だ。

「ピィィ！　ピィィィィィ！」

「……あいつは毎晩、こんなのを相手にしてたのか……」

たった数分相手にしただけでげんなりしてしまう。

レイラに任せてしまいたい気持ちと、今まで任せっぱなしだった罪悪感が心中に渦巻く。

明らかに慣れていない手つきでアールをあやしていたクラウスは、ふと結界の中で何かが動くのを見つけた。

アールの泣き声で起きたらしいカルムが、結界ギリギリまで歩いてくるところだった。

「ピィ……」

アールもそれに気づいたのか、泣き止む。そしてカルムに向かって腕を伸ばした。

(まあ……結界からあいつは出られないしな)

襲われることもないし――カルムに襲われたことなどないが――アールが泣き止むのであればやむを得ないと、クラウスは結界に歩み寄る。

するとカルムはクラウスとアールに背を向け、岩をも簡単に砕きそうな大きな尻尾を左右に揺らし始めた。

「ピッ、ピィ」

尻尾の動きを目で追い、アールが楽しげに笑う。

「お前……」

カルムのあやし慣れた様子に、クラウスは小さく呟く。

カルムは何も答えない。ただずっと、アールを優しい瞳で見つめていた。

毛の流れに逆らい、馬の体にブラシをかける。浮き立った汚れを毛ブラシで落としながら、片方の手では馬に触れ、痛がったりしていないかを確認する。

「ピ？」

気持ちよさそうにしている白馬を、レイラの足元からアールが見上げていた。

「ピ」

おとなしい馬を見て、アールがゆっくりと近づいていく。

馬は首をもたげてアールに顔を寄せ、いきなりフンッと鼻を鳴らした。

「ピ！」

思いきり鼻息をかけられたアールは飛び上がると、慌ててレイラの後ろに隠れる。

「バルド、あまりアールをからかわないでください」

悪気ない、むしろアールと遊ぶ気満々の馬の金の鬣を、レイラは撫でる。

と、バルドが振り返った。つられてレイラも顔を向ける。

やって来たのは、従者を連れたリッツだった。リッツはレイラと、レイラに頬を擦り寄せるバルドを交互に見やる。

「いつも思うんだが、バルドは私よりレイラの方が好きなようだね」

「そんなことありません」

「いや、私には頰擦りなんてしてくれたこともない。やはり、主人と好みが似るものなのかな」

笑わせようとする冗談に、レイラは微かな笑みを返す。

ドラゴンの世話が主な仕事だが、レイラは手が空けば馬達の様子も見に来ていた。特に最近はクラウス達が仕事でドラゴンとの交流に来られないことも多く、この厩舎へ訪れる回数が増えている。今日もそうだ。

「君がライベルに来てから、バルドの機嫌も良くてね」

「本当ですか？　嬉しいです」

「あと昨日は、時間が取れずすまなかった」

「……いえ」

「それで、話とは？」

昨日、リッツとの謁見を望んだが、急なことでできなかった。

リッツがわざわざ厩舎を訪ねてくれたのは、その侘びも兼ねてなのかもしれない。

「……団長が、土竜を処分すると」

「……そのことか」

リッツは特に驚きもしない。レイラが言い出すことは分かっていたのだろう。

「理由は……分かります。ですがあの子はいい子で……どうにか撤回できないでしょうか」

「君の気持ちは分かる。だが大臣達の中にはまだドラゴンにいい印象を抱いていない者も多くいてね。魔物と戦えるドラゴンはともかく、そうでないものに対してはなかなか難しいんだ。君には……申しわけないが」

人間一人を乗せるのが精いっぱいな体も、飛行能力も、竜騎士団のドラゴンとして致命的だ。それは理解できるのだが……。

「それにこれでも、処分は随分と甘くなったんだよ。術具を外したことで、竜騎士団は本来の活動ができていないだろう？　そこを責められてね。これだけ何もできない状態であるなら、竜騎士団は解散、ドラゴンを全頭処分するという話まで持ち上がったんだ」

「そんな！　あともう少し時間をください！　そうすれば絶対に……」

「ああ、ウォルフ団長も全く同じことを言っていたよ」

「え？」

「術具なしで絶対に結果を出してみせるとね。だから処分は撤回してくれと」

驚きのあまり、レイラは目を丸くして、ぽかんと口を開けた。

クラウスの魔物嫌(ドラゴンぎら)いは、レイラだけでなく、リッツや、アノンを始めとする騎士達も知っていることだ。処分すればいいと平然と言っていたことも覚えている。それなのに——。

「だがそれだけで全員の納得(なっとく)は得られず、一旦(いったん)はドラゴンなしでも仕事の結果を残すことと、土竜一頭の処分が決定した」

カルム一頭と、他の五頭を天秤(てんびん)にかけて、クラウスは前者を選んだのだ。

最近仕事が忙しくなったのもそのためだったらしい。

「そう……だったの、ですね。……ですが……」

クラウスが頑張(がんば)ってくれたことは分かった。それは嬉しく思う。

かといってカルムを見捨てることもできず、レイラは唇を噛(か)む。

「どうにか……できませんか？」

「利用価値のないものは処分する、という理屈だからね。結果を残すか、もしくは処分させては惜(お)しいと思わせる何かがあれば、あるいは……」

「何か……」

考える。思いつくのは、昨夜アールを見つけてくれたときのことだ。

「……カルムは、探知能力に優(すぐ)れているのかもしれません」

「探知？」

「はい。昨夜アールが森で迷子になったのですが、カルムがそれを見つけてくれたんです」

「なるほど……」

腕を組み、リッツは考えるように目を細める。

「その探知は、一体どこまでの範囲で、何を見つけることが可能なのだろうか」

「それは……」

「例えば、高く飛び上がったドラゴンが魔物を見つけ出すのと、どっちが早いだろうね」

「……」

「単純に見つけるだけなら、他のドラゴンでも可能だ。むしろ見つけても、追いかけることは？」

答えられないレイラに、リッツは困ったような表情になった。

「レイラ、君をいじめるつもりはないんだ。だが――」

「……それだけの利点がなければ、ということですよね」

カルムにしかできない、しかも竜騎士団にとって確実なメリットがなければ、処分の撤回は揺るがない。

（きっと何か……）

何かあるはずだと、レイラは持っていたブラシを強く握り締めた。

小屋に帰るとアールが眠ってしまったので、その間にレイラは、ドラゴン達へ夕食を与(あた)えることにした。

いつも通り食事を配っていたレイラは、カルムの足元にまだ朝食が半分以上残っていることに気づき、眉を顰(ひそ)める。

「カルム？」

足を折りたたむようにして座っているカルムは、レイラに声をかけられても身動き一つしない。目を閉じてぐったりしている姿を見て、レイラは慌ててカルムに触れる。

「熱い……」

（そういえば朝から静かで……）

いつもであればレイラの姿を確認したカルムは、自ら近づいてきてくれる。けれど今朝はそれがなかった。

昨夜アールを探すのを手伝ってくれたからまだ眠いのだろうと気にしていなかったのだが……。むしろ睡眠の邪魔をしてはいけないと、カルムに触れることさえしなかった。あのとき一回でも頭を撫でていれば、異変に気づけたかもしれない。

（最近無理をしていた？　それともアールを探すときに魔力を消費して体に異常が……？）

考えるが、かといって答えは出ない。

この国に動物の医者はいても、魔物の医者はいない。ドラゴンについて詳しいのは、自分とラルフくらいだ。

（確か土竜は、土に埋まることで体温を調整すると……）

本で読んだ知識を必死に思い返したレイラは、手早く残りの食事をドラゴン達に配ると、小屋の倉庫へ向かう。食料と共に置いていたシャベルを手に外へ出れば、レイラの姿が見えなくて不安がるアールの泣き声が聞こえてきて、急いで小屋に入った。

「ピィィィ……！」

（本当はゆっくり落ち着かせたいところですが……）

アールを抱き上げたレイラは、真剣な表情をアールに向ける。

「アール、カルムが大変なのです」

アールを抱いたまま、レイラはカルムの元へ戻る。アールを下ろすと、近くの土を掘り、ぐったりしているカルムの体にかけ始めた。

「ピィ……」

レイラやカルムの様子が普段と違うことを察したのか、アールは泣くのをやめ、レイラとカルムを交互に見上げる。

「カルム……」

名前を呼ぶが、カルムは身じろぎさえしない。

他と比べて体が小さいといっても、体全部を覆う土を被せるのは重労働だ。三分の一も埋まらないうちに、レイラの額には汗が浮かび、シャベルを動かす腕が疲れて痺れてくる。

それでもカルムが心配な一心で懸命に土を掘り、かけ続けた。

「ピ！」

ふと見れば、アールも小さい両手で地面を掘り、カルムにかけている。

「ありがとうございます、アール」

「ピィ！」

辺りが暗くなってきても、術具で周囲を照らして、続ける。

他のドラゴン達は、そんなレイラをやはり遠巻きに見るだけだ。

「おい、何してる？」

「団長」

帰ってきたクラウスが、結界の外から不可解そうな顔でレイラに尋ねてきた。

レイラは一旦シャベルを置くと、アールを抱いてクラウスに駆け寄る。

「カルムが熱を出してしまって。下げるために土を被せているので、その間、アールのお世話をよろしくお願いします」

「えっ、はあ⁉」

土まみれのアールを無理やり抱かせると、レイラはすぐにカルムのところへ戻った。

「すぐによくなります。頑張ってください、カルム」

レイラは、額に浮かんだ汗を手の甲で拭った。汗と土が混じり、顔が汚れる。けれど気にも留めない。

シャベルを握り直して、黙々と作業を続けた。


「ピィ！　ピィイピィ！」

「あああうるさい！」

レイラの勢いに圧されて、言われた通りアールを小屋の中に連れてきたクラウスだったが、じたばたと暴れるアールに辟易するばかりだ。

「ピッ！」

「いって⁉　っ、てめ！」

「ピィッ！」

がぶっ、と手に噛みつかれて、思わずクラウスの力が緩む。するとアールはするりとクラウスの腕から抜け出した。クラウスの体を伝うようにして器用に着地すると、閉まっている扉へ走り寄る。

「なんなんだお前は……。つか！　部屋汚しやがって！」

よく見ればアールは体中土まみれで、せっかく風呂に入ってきたというのにクラウスの服も汚れてしまっていた。アールの通ったところは泥だらけだ。

「動くな！　これ以上汚すな！」

「ピィィ！」

扉を引っかくアールの首根っこを摑んで、クラウスは持ち上げる。

（さっさと風呂に……いや、でもどうすりゃいいんだ？）

アールの入浴はレイラに任せっきりだったので、手順など何も分からない。というかそもそも、何故自分がドラゴンと共に風呂に入らねばならない⁉

思考を巡らせていたクラウスは、ふとアールがおとなしくなっていることに気づく。

「？　何見て……」

じっ、とアールが見つめている先にあるのは窓だった。顔を向けたクラウスの視界に、暗い中必死に土を掘ってカルムにかけているレイラが映る。

（どうしてあそこまでして――）

もうすぐ処分されるドラゴン相手に。いや、レイラにとってはそんなこと関係ないのだろう。ただ目の前の命を助けようと必死なだけだ。

「……あいつ、いつからああやってるんだ？」

「ピィ」

アールは答えてくれるが、もちろん何を言っているのかは分からない。

けれどその姿から、感情は読み取れる。

「……心配なのか？」

「ピ……」

か細い小さな声に、クラウスは目を細めた。


表面の軟らかかった土は、掘り進めていくうちに硬くなっていき、レイラの作業を阻んだ。それでも無理やり掘っていくのだが、その分力がかかることに加えて、シャベルを上げ下げする動きに、腕が悲鳴を上げている。

しかしまだまだ足りない。肩で息をしながら、カルムに土を被せる。

が、そこでレイラの動きは止まってしまった。

「っ……」

腕が鉛のようで、力が入らない。

（休憩……いえ、でも……）

苦しむカルムを横目に休むことも憚られた。

「早く……」

ぐっ、とシャベルを握る手に力をこめる。腕が震えそうになるのを抑えながら、シャベルの先を地面に突き立てた。

——と。

「ピィィ！」

「アール⁉　どうして……」

足元に駆け寄ってきたアールを見て、レイラは目を丸くする。

「そいつ、ここにいたいんだと」

「団長……」

「貸せ」

「え？」

不意にシャベルを奪われた。レイラとは段違いの速さで、クラウスはてきぱきと土を掘って、カルムにかけていく。

「どうして……」

「そんなちまちまやってたらいつまで経っても終わらん」

「ピ！」

「お前も邪魔だ」

「ぶぅぅぅ」

　手伝おうとしていたアールが、戦力外通告に不服を唱える。

　アールを無視して何度かシャベルを動かしていたクラウスだったが、突っ立ったままのレイラに気づいて振り返った。

「ここはいいから風呂にでも入ってこい。ついでにそいつも洗え。そいつのせいで小屋中泥だらけだ。責任持って掃除しろ」

「看病は、してくれるんですか？」

　処分はするのに、と言いかけた言葉を飲み込んだのは、仮にもその対象であるカルムに聞かれるわけにはいかなかったからだ。

　クラウスは無言でレイラから視線を外す。

「……昨夜、そいつを探すのを手伝ってくれた。ドラゴンに借りなんざ作りたくない」

　他のドラゴン達はもう眠っているのか周囲は静かで、シャベルの音だけが響いている。

「……こいつは竜騎士団のドラゴンだ。役に立たないと判断されれば処分は当然だろ。けどそれはこいつがドラゴンだからじゃない。俺らだって結果が残せなければ騎士の資格をはく奪されるし、仕事としてやっている以上、それに逆らうことはできない」

「……」

「……お前、殿下にこいつには探知能力があるからって訴えたらしいな」

「え……」

言い返すこともできず唇を噛んでいたレイラは、いきなり変わった話題に、一瞬反応が遅れた。

「ですが……それだけでは撤回は難しいと……」

「それだけならな」

ザク、ザク、と土を掘る音の合間に、クラウスの声が耳に届く。

「あれが夜だったってこと忘れてないか？　灯りもない状況で、しかも木で視界を遮られていても、的確に相手の居場所が分かる。それは充分利点だ。恐らく尻尾で地面の振動を感じ取って……とかだろうな。こう言えば、殿下は納得してたぞ」

要は、カルムの長所をレイラが上手く伝えきれていなかったのだ、と。

「といってもこれだけじゃまだ足りないがな。調子が戻ったらその範囲を調べるのに協力してもらう」

「――――」

クラウスがそんなことを言うとは予想しておらず、レイラはきょとんとするばかりだ。

「それって……」

　しばらくしてから、やっとレイラは言葉にする。

「団長も、カルムにここにいてほしいと……」

　レイラが訴えた内容を知っていたということは、彼もリッツに会いに行っていたということだ。しかもレイラの訴えに助力までしてくれている。

「別に。役に立つ理由が見つかっただけだ。何よりお前がうるさいんだよ。言うこともやることも。……それより」

　クラウスはシャベルを地面に突き刺すと、手を離した。屈んで摘まみ上げるのは、シャベルから零れた土を集めてカルムにのせていた、アールだ。

「こいつを連れてさっさと行け」

「ピィイイイッ！」

　クラウスは、暴れるアールをぽい、と放り投げた。慌ててレイラは、弧を描くようにして宙を舞ったアールを抱きとめる。

　やることは乱暴だったが、アールは寸分たがわずレイラの腕に収まった。狙いを外さない自信があったからこその行動なのだろう。

「ぶぅう……」

　レイラの腕の中で、不機嫌そうにアールが鼻を鳴らしている。

　慰めるようにアールの頭を撫でながら、レイラは黙々と作業をするクラウスを見つめた。

「団長、まだ、ここにいてもいいですか？」

「は？　なんで」

「カルムが気になるので……」

あと単純にクラウスの傍にもいたかっただけだが、なんとなく言うのはやめておいた。

「……勝手にしろ」

「はい」

こちらを見向きもしないクラウスの背中に、レイラは微かな笑みと共に頷いた。


瞼越しに強い光を感じて、レイラは目を覚ました。

「ん……」

薄らと開けた視界に光が鋭く入り込んで、痛みのような感覚に呻く。

しばらくすれば目が光に慣れて、そこでやっとレイラはしっかりと瞼を持ち上げた。

まず目に映るのは森とドラゴン達だ。どうやら結界内で、地面に座り込む形で眠ってしまったらしい。

身じろげば、背中が硬い何かに当たる。なんだろうかと首を動かしたところで、すぐ隣にクラウスの寝顔があって、驚いた。

近い距離に居心地が悪くなって視線を落とせば、彼の膝にはすやすやと穏やかな寝息を立てているアールもいた。

同じ寝顔の一人と一匹をしばらく眺めたのち、レイラは改めて背後を振り返る。

背中を預けていたのはこんもりとした土の山だった。レイラの座高より高い。

ぼんやりとそれを見つめて――昨夜のことが一気に脳裏に甦った。

「カルム……？」

土山に向かって声をかける。すると。

「きゃっ」

「うおっ⁉」

背中を預けていた土山が崩れて、レイラと、眠っていたクラウスのバランスが崩れた。

二人して後ろ向きに倒れ込む。

「な、なんだ⁉」

「ピィ……⁉」

盛り上がった土の上に寝転がったクラウスは、事態を飲み込めていないのか目を白黒させている。アールも寝ぼけ眼で、きょろきょろと辺りを見回していた。

そして倒れ込んでいるレイラとクラウス、アールの上に影が差す。

「キュウ」

首をもたげるようにして、カルムがレイラ達の顔を覗き込んでいた。

四足で立っている姿はいつも通りの元気なもので、昨日のぐったりした様子は一切ない。

「カルム！」

その首に、レイラは思いきり抱き着く。

「ピィ！」

アールもレイラの真似をしてか、カルムの足にしがみついていた。

「あー……いつの間にか寝てたのか……腕も背中も痛え……」

体中土にまみれたクラウスが、ゆっくりと起き上がりながら呟いている。

「団長、ありがとうございました。おかげでカルムも……！」

「……別に」

「キュ」

カルムが頭を振ったので、レイラは腕を離した。するとカルムはクラウスへ近づき、その頬をべろべろと舐め始めた。

「ぎゃっ！」

いきなりのことにクラウスが悲鳴を上げる。

「やめろ！　この……！　おい！　やめさせろ！」

カルムなりの感謝なのだろうが、クラウスには通じていないようだ。カルムの顔を手で押さえながら距離を取ろうと必死に後退（あとずさ）っている姿は妙（みょう）に間が抜けていて微笑ましく、レイラは頬を緩ませながらカルムの体を軽く叩く。

「カルム、団長にはもう充分貴方の気持ちは通じていますよ」

「キュ」

レイラの声が届いたのか、それとも気が済んだのか、カルムがクラウスから離れる。

「最悪だ……！」

唾液（だえき）でベタベタになった顔を、不服そうにクラウスは袖（そで）で拭う。

カルムはそんなクラウスを気にする様子もなく、次はレイラの前へやって来た。

「キュ、キュキュウ」

カルムは何かを訴えるようにレイラを見上げ、翼を広げる。

「……もしかして、乗せてくれるんですか？」

「キュ！」

どうやら正解のようで、カルムが一際（ひときわ）大きな声で鳴いた。

「結界は解かないぞ」

「構いません」

ドラゴン達が自由に遊べるよう、結界は飛行に充分な高さに設定してある。レイラを乗せてしばらく飛ぶ分には問題ない。

「アール、おいで」

「ピ！」

飛びついてきたアールを抱いたレイラは、カルムの背中に乗る。

カルムが走り出し、助走ののち飛び上がる。

「ピィィ！」

風を切る感覚に、アールは両手を上げて嬉しそうだ。

「アールもいつか、こうやって飛ぶんですよ」

そのときのことを想像してみる。立派に成長して、空を駆けるアールの姿。その背中に乗るのは、果たしてレイラなのか、クラウスなのか、それ以外なのか。むしろレイラとクラウス、二人を乗せて飛んでくれたら嬉しいと思う。

そんなことを考えながら下を見れば、クラウスと、クラウスから離れたところにいるドラゴン達に見上げられていた。

クラウスに向かって、レイラは手を振る。

無視されるかと思ったが、クラウスは小さく手を振って、レイラに応えてくれた。

まさか振り返してくれるとは思わず、胸がきゅっと締めつけられる。

（な、なんでしょう、これは……）

　くすぐったいような気持ちに、レイラは咄嗟にクラウスから視線を外してしまった。

「キュウウ！」

　不意にカルムが嘶いた——と思ったら、いきなり飛行角度が変わる。体が何かに包まれて、上半身を折り曲げるようにカルムの背と密着する。

　地面とほぼ垂直状態になり、真っ逆さまに落ちていく感覚。

「え⁉　ッカル——⁉」

　ぐんぐんと地面が近づき、そして——。

　突如カルムが勢いよく落下してきて、クラウスは大きく目を見開いた。

「なっ……⁉」

　頭を下にして落ちていくカルムへ、急いでクラウスは駆けていく。

（なんだ？　翼が……）

　消えた？　いや、違う。翼はまるで蛹のように、レイラとアールを覆っているのだ。

　レイラ達を乗せたまま、カルムは地面に激突——

「おい⁉」

　していなかった。

「は……!?」

レイラ達の姿はなく、代わりに地面の一部が盛り上がっていた。まるでモグラが土に潜った跡のような……。

(どういうことだ……!?)

盛り上がった土の大きさは、レイラとアールを乗せたカルムと同じくらいだ。

一体何が起こったのか、答えがほしくて周囲を見回してみるが、他のドラゴン達は目の前の事態に興味など一切なさそうだった。仮に興味があったとしても、クラウスに答えてくれるわけでもない。

どうすることもできず、クラウスは呆然とその土を見つめていることしかできなかった。

それからほどなくして、地鳴りに近い音が聞こえたと思ったら、クラウスの近くの地面がぽこりと動いた。

「キュ」

地面からカルムが顔を覗かせる。のそのそと這い出てくると翼を広げ——その下から、レイラとアールが出てきた。

「おい、大丈夫か!?」

カルムの背の上から動かないレイラを見て、怪我でもしたのかとクラウスは焦る。駆け寄って手を伸ばし、彼女が降りるのを手伝おうとした。

けれどレイラは何を勘違いしたのか、アールを手渡してくる。

「ピィ！」

「……」

両手両足を広げてクラウスを歓迎するアールを拒否することもできず、クラウスは渋々とアールを受け取った。

その間にレイラがカルムから降りる。

「……すごい……すごいです！　見ましたか⁉　地面を掘って進んだんですよ⁉」

興奮しているのか、珍しく早口でレイラはまくし立てた。

「土竜の翼が大きいわりに飛行能力があまり高くないのは、空を飛ぶためではなく、体を守るため！　他のドラゴンに比べて鋭い爪は、地面を掘るためのものだったんですよ！」

「あ、ああ……」

頬を紅潮させ、瞳をキラキラと輝かせている姿は、普段の冷静なレイラからは想像できない。よほど感情が高ぶっているのだろう。

けれど普段と違う姿に、想像以上に心惹かれた。何故か目が離せない。

「カルム！　すごいです！」

「キュウ」

土だらけのカルムの体を、レイラが抱き締めにいく。

「ピィピピィ！　ピイィィ！」

アールもまた、興奮をクラウスに伝えようとしているのか声を張り上げていた。

（空ではなく、地中を進む力……なるほど、これは……）

「……使えるな」

空を飛べないドラゴン、ではなく、地中も空も進めるドラゴンとなれば、利用価値は大いにある。

「これなら上も納得するだろ」

「では処分はされないのですね⁉」

独り言のつもりだったが、レイラが振り返って訊いてきた。

「ああ。むしろさせない」

「団長――」

レイラの顔が綻ぶ。

「ありがとうございます！」

カルムから離れた腕が、思わずといった形でクラウスを抱き締めてきた。

「っ⁉」

柔らかな体の感触に、クラウスの体が一気に硬直する。

「な、なな、なんだ⁉」

反射的にレイラの体を振り払った。嫌だったわけではなく、驚きのあまりだ。予想外すぎて、顔にカーッと血が集中するのを自覚する。

「あ、すみません。よく動物にしていたもので」

「俺は動物か⁉」

狼狽える自分と対照的にレイラが平然としているのが癪で、ますます恥ずかしくなる。

「ピィ？」

そんなクラウスの顔を、どこか興味深げにアールが覗き込んできた。

クラウスは成り行きで抱いたままだったアールを、無造作にレイラへ渡す。

「……よかった……」

アールを抱きながら、レイラが呟く。

喜びを噛み締める、目に見えて安堵したレイラのまた新たな表情を見られて、クラウスは悪い気はしなかった。

第五章

木剣を交えるたび、グリップ越しに、相手の力が伝わってくる。

「はあああッ！」

「甘い！」

隙をついて、相手が木剣を突き出してきた。が、作戦通り——むしろこうなることを想定しての行動だったクラウスは、叫ぶと同時に襲いかかるそれを薙ぎ払った。

相手の木剣は手から離れ、乾いた音を立てて地面に落ちる。

呆然とする騎士へ、クラウスは剣先を突きつけた。

「ま……参りました……」

「次！」

訓練場にクラウスの声が響き渡る。もうこれで三人目だ。すべてクラウスが勝っている。

竜騎士団団長という肩書を背負っているため、クラウスは負けるわけにはいかない。

元々手を抜くつもりもないが、負けること自体許されないのだ。

「最後はオレだ！」

　颯爽と前に出てくるのはアノンである。

　一緒に戦う仲間としては心強いが、こういうときアノンを相手にするのは、クラウスとしては緊張する。互いの癖、考え方を分かっているからこそ、一瞬が命取りだ。

「今日こそ勝つぞ～！　プライドへし折ってやる」

　クラウスが負けず嫌いであることも、アノンはよく理解していた。

「言ってろ」

　鼻を鳴らして笑うと、クラウスは剣を構える。アノンも同様だ。

　今日もクラウスが勝つのか、それとも今日こそアノンが勝つのか。他の騎士達が固唾を飲んで見守る中、張り詰めた空気が流れ――

「あっ」

　その雰囲気を壊したのは、騎士の一人が発した間抜けな声だった。

「レイラさん」

　誰かが呟くと同時に、クラウス達の頭上に影が差す。

　つい空を見上げたクラウスの瞳に映るのは、土竜だった。

「おっ。おーい！　レイラちゃーん！」

　カルムの背にいるレイラに向かって、アノンがぶんぶん両手を振る。

しかし聞こえていないのか、特になんの反応もないまま、レイラ達は遠ざかっていった。

「またあいつ……」

溜め息と共にクラウスは呟く。

リッツの許可をもらったとかで、レイラはよくカルムと散歩をするようになった。城の周りを飛ぶ姿は、国民に度々見られてもいる。

「いいな〜。オレらもそろそろ乗りたいよな」

アノンがぼやくと、騎士達が一斉に頷き出した。

「そうですよ！　団長と副団長ばっかドラゴンの世話して。そろそろ俺らもいいんじゃないですか⁉」

「竜騎士団として何もしてないって、他の騎士から嫌味とか言われてさ。おかげで俺らの仕事も増えたじゃないですか」

「ドラゴンに乗ってるとこ見せて、カッケーって思わせましょうよ！」

（いつの間にこいつら……）

レイラが来る前まで、騎士達はドラゴンに対していい感情を抱いていなかったはずだ。クラウス同様、突然竜騎士団に任命されて困惑していたし、世話もなあなあだった。

その考えが変わったのは、懸命にドラゴンの世話をするレイラの存在のせいか、それともアールのせいか。アノンのように、「嫌いではなかった」のが、「好きかも」に変わりつつあるのかもしれない。

「団長は毎日アールと一緒だし、副団長も会ってるし、いいよなあ」

「オレなんて最近じゃ朝も会いに行ってるからね。レイラちゃんの手伝いしに」

自慢なのか、ふふんとアノンが胸を張った。

確かにアノンは仕事さえなければ、訓練後だけでなく、ドラゴンの朝食や夕食、掃除まで手伝いに行っていた。ちなみにクラウスも誘われたが断った。

「なあクラウス、そろそろいいんじゃない？」

「何がだ？」

「こいつらを参加させてもいいんじゃないかってこと。オレらが先陣切ったのって、ドラゴン達に害がないか確かめるためだったじゃん？　でももう大丈夫って分かったしさ。そろそろ全員がドラゴンと仲良くなっていいと思うんだよね」

アノンの意見に、騎士達が口を揃えて「賛成！」と叫ぶ。

「……」

竜騎士団として、ドラゴンに乗ることは必須だ。フレイルは近づきさえしなければ攻撃もしてこないので二重結界を解いたし、他のドラゴン達も手から餌を食べてくれるくらいにはなった。そう考えると、このタイミングがちょうどいいのかもしれない。

「……分かった」

クラウス個人でなく、竜騎士団団長としては、そう答える他なかった。


「というわけで、今日から他の騎士達も参加するが、異論はないな？」

クラウスからの説明にレイラは頷く。

騎士の数は、クラウスとアノンを含めて五人。

「ピィ……？」

レイラの足に隠れる形で、アールが騎士達を覗き見ている。

「アールー！」

「ピッ」

アールに気づいた騎士が笑顔で手を振るが、アールはびくんっと体を震わせると、レイラの足にしがみついた。

「アール、人見知りだからさ。なんたってこのオレですらまだ懐いてくれてない！」

「それは自慢できることか？」

「自虐だよ！」

そんなクラウスとアノンの会話を聞きながら、レイラはアールを抱き上げると、騎士達にドラゴン用のクッキーを配った。

「差し出して、手から食べてくれるようでしたら与えてください。そのときであれば撫でさせてもくれると思います」

レイラを先頭に、全員で結界内に足を踏み入れる。

「威圧感を与えないよう、大勢で囲むのはやめてください。できれば一頭につき一人、ないし二人で。あとフレイル――あの隅にいる火竜は、未だ警戒心が強いので近づかないでください。ただ近づかなければこちらを攻撃してくることもないので」

手でフレイルを指しながら説明していれば、早速カルムが近づいてきた。

「土竜のカルムです。この子は囲んでいても問題ないと思います。団長、よければ手本を」

レイラに指名されて、クラウスが「げっ」と呟く。

「もうカルムであれば大丈夫でしょう?」

部下に見つめられる中では拒否することもできないらしく、クラウスは渋々といった表情で、手のひらにのせたクッキーをカルムに差し出した。もぐもぐと食べるカルムの頭、首を優しく撫でる。

おぉ……と騎士達が声を上げる。

「……そんなに感心するようなことでもないだろうが」

「やー、お前がドラゴンに優しいってことにみんな感心してんだって」

睨みつけてくるクラウスに、アノンが応える。

(私もそう思います)

だってあれだけ魔物嫌いを公言していたクラウスが、だ。まだここに来て日も浅いレイラですらそう思うのだから、それよりも長い付き合いのある騎士達からすれば驚愕するのも当然だろう。

「こんな感じだ。分かったらさっさとお前らも動け」

「とりあえずオレ、クラウス、レイラちゃんの三手に分かれよ」

手早くアノンがメンバーを振り分ける。レイラ（とアール）、クラウス、アノンと、それぞれ一人ずつ担当だ。

「貴方は今までどの子に乗っていましたか？」

「あっちの緑の……」

「では、あの子のところへ」

木陰で休んでいる風竜の下へ、レイラは騎士を連れて向かう。

「風竜の特徴は、薄い緑色の鱗と、大きな翼です。見た目に反して体重が軽いのは、飛行に特化しているからだと言われています。この子はウィル、と名付けました」

一定の距離を保ったところでレイラは立ち止まる。風竜が首をもたげ、じっとこちらを見つめてきたからだ。

（やはり……多少の警戒はしますね）

「少し待っていてもらえますか？」

騎士へ告げ、レイラはアールを抱いたままウィルへ歩み寄る。ウィルはレイラを見てはいるものの動こうとはしない。

ゆっくりと手を伸ばして頭を撫でる。特に問題なさそうだ。レイラは騎士を振り返る。

「大丈夫です、どうぞ」

一応すぐに術具は使えるよう注意しておきながら、レイラは騎士を呼ぶ。

「クッキーをあげてください」

「あ、ああ」

「あまり緊張なさらず」

首を傾げているウィルに、騎士はゆっくりとクッキーを出す。ウィルはくんくんと匂いを嗅いだあと、すぐにぱくりと口にした。

「今であれば撫でても問題ありません。ただあまり上から手は出さずに、下から首辺りを撫でてください」

「こ、こうか？」

「キュ」

騎士が指先で鱗を掻けば、ウィルが目を細める。心地よさそうだ。むしろもっと、と言いたげに擦り寄ってきて、騎士の顔も綻んだ。

「その調子で触れ合ってみてください」

「ああ！　ありがとう」

世話係として仕事をこなしただけのつもりだったレイラは、騎士からのお礼に、ほんの少し目を丸くした。特別なことをしたつもりもない。

「いえ……」

けれど楽しそうな騎士とドラゴンを見ていると嬉しくなって、胸が温かくなる。

ウィルは彼に任せて、レイラは一歩後ろに下がった。周囲を見回す。

他の騎士達も、ドラゴン達と触れ合っていた。アノンに至っては、いつの間にか服を脱いで、水竜と一緒に湖を泳いでいる。

クラウスも騎士達の様子を眺めていた。そこにカルムが突進していく。頭突きされてつんのめるクラウスに、カルムは甘えていた。

(この調子であれば、ドラゴンが背に乗せてくれる日も近いかもしれません)

頬を緩ませていたレイラは——ふと視線を感じて、顔を上げた。

騎士を相手にしているドラゴン達から随分と離れたところにいるフレイルと、目が合った。冷たい瞳に射抜かれて、温かくなっていた胸の奥が瞬時に冷える。

フレイルはすぐに顔を背けた。とはいえ、特に何かしてくる様子はない。

だが、そこには明らかな拒絶があって、レイラは唇を噛み締めた。


騎士とドラゴンの触れ合いが終わり、解散することになった。

クラウスはいつも通り騎士館へ帰ろうとしたのだが、「なんで団長まで来るんですか？」「団長が住んでるのこっちですよね？」などと口々に言われて、初めてレイラやアールと共に、小屋で食事をすることとなった。

「お肉を焼いたものとスープとサラダとパンなのですが、それでよかったですか？」

料理を並べ、レイラとクラウスは向かい合って座る。アールはレイラの膝の上だ。

「……ああ」

「では、いただきます」

「ピィ！」

どことなくぎこちないレイラとクラウスに反して、アールはにこにこしている。

（……何か、話すべきなのでしょうか）

ドラゴンとの交流時はアノン達がいたし、それ以外の会話は基本的に必要最低限。アールを一緒に探したときは二人きりだったが、あのときは切羽詰まっていたので悠長に会話をする余裕はなかった。

つまりこうやって（アールがいるとはいえ）クラウスと過ごすことなどなかったのだ。そのためなんだか、気まずい。

カチャカチャと食器のぶつかり合う音が、静かな小屋に響く。

「ピ！　ピピ！」

不意にアールが両手を伸ばした。視線の先にあるのはパンだ。

「どうぞ」

パンを三分の一の大きさに千切り、アールに渡す。アールは両手でパンを掴み、ぱくぱくと口に運ぶ。

微笑ましくアールを見ていたレイラは、驚いたような顔をするクラウスと目が合った。

「どうかされましたか？」

「あ、いや」

レイラに指摘されて、クラウスは瞳を逸らす。

「……こいつ、そうやって自分で食えるんだな。前は食わしてもらってたのに」

「手で食べられるものであれば自分で食べますよ。ほしいものも自分から言ってくれます」

「ピ！」

「こうやって」

アールが指差したのはスープだ。スプーンですくって、レイラは息を吹きかけて冷ます。

「どうぞ、アール」

「ピッ」

野菜と一緒にぱくり。むぐむぐと、美味しそうに口を動かしている。

「美味しいですか？」

「ピィ！」

「ならよかったです」

そこでレイラは、クラウスのスープがなくなっていることに気づいた。

「……団長、よければお代わりいかがですか？」

「え、あ……ああ」

遠慮がちながらも頷いたので、アールをイスに座らせると皿を持って鍋へ向かう。

「実は少し作りすぎてしまって。食べていただけると有難いです」

大人二人分、しかも男性がどれだけ食べるのか分からず、鍋には思ったよりスープが残ってしまっていた。

「まだもう一杯分くらいはありますので」

「そうか」

クラウスへ皿を渡す。

「……美味いぞ」

「え」

きょとん、とレイラは目を瞬かせた。

「あ……ありがとう、ございます」

返事が一瞬遅れてしまったのは、何故かドキッとしたからだ。褒められたのが恥ずかしいというか、なんというか……。

「ピィィ！」

パンを食べ終わったアールが、足りない！　とばかりに鳴いて、レイラは我に返った。

アールを膝に乗せて座り直す。

（アールはいつも美味しそうに食べてくれますし、団長もきっと同じなだけなのに……）

どうして妙に落ち着かなくなるのか、レイラにはよく分からなかった。


クラウスがもう一回スープをお代わりしてくれて、鍋は空っぽになった。

彼が食べ終わっても、レイラはアールの面倒を見ながらだったためまだ食べきれておらず、クラウスに先に風呂に入ってもらっている。

「はい、ごちそうさまでした」

「ピィ」

レイラが両手を合わせれば、アールも真似をする。

二人分の食器を洗っていると、風呂場からはシャワーの音が聞こえてきた。

食事もだが、クラウスがこの小屋で風呂に入るのも初めてだ。

シャワーの音などが扉越しにこうもはっきり聞こえてくるなんて初めて知って、なんだかそわそわしてしまう。

しばらく無言で食器を洗っていたレイラは、ふと、アールが静かなことに気づく。

お腹がいっぱいになって眠ってしまったのだろうかと振り返ったら、イスに座っていたはずのアールがいなくて驚いた。姿を探す。

「アール!?」

するとアールが勝手に風呂場に侵入している後ろ姿を発見して、ぎょっとした。

慌ててレイラはアールを追う。捕まえようとしたが、するりとアールは扉の向こうに入ってしまう。

「待ちなさ……」

咄嗟に扉を開けて自分も入ろうとして。

扉を勢いよく閉める。

「っなんでお前がここにいんだよ⁉」

アールの侵入に気づいたクラウスの声に、レイラは慌てて踏みとどまった。半分開けた扉を勢いよく閉める。

（一瞬だったので何も見てはいません……！）

聞かれてもいないのに、心の中で言いわけを叫ぶ。アールに驚いていたクラウスは、レイラが入りかけたことに気づいていなかったようだ。

「出てけ！　おい！　こら！」

「ピィイ！　ピ！」

シャワーの音と共に、クラウスの叫ぶ声と、逃げ回るアールの声が聞こえてくる。深呼吸して自分を落ち着かせると、レイラは浴室に声をかけた。

「団長、あの、私気にしませんし見ないので、アールを連れ出しましょうか？」

「いらん！」

が、間髪容れずに拒否された。

「でも……」

「いいからお前は入ってくんな！　絶対にだ！」

まあ、そう言われるのは当然といえば当然である。

そのためレイラは、扉に背中を預けて、クラウスがアールを捕まえるのを待った。

「ぴゃあああああ！」

「じっとしてろ！」

「え？」

聞こえてくる声に、レイラは目を丸くする。

（……もしかして……）

アールが風呂場から出てくる気配はない。もしや、アールを洗ってくれている……？

「待て！　まだ拭けてねえ！」

しばらくすればそんな声と共に扉が開いて、びしょ濡れのままアールが飛び出してきた。

そこでアールを捕まえようと浴室から身を乗り出したクラウスと、レイラの目がばっちりと合う。

幸いにも扉から覗いて見えたのは裸の上半身だけだ。引き締まった体から、レイラは咄嗟に顔を背ける。クラウスもすぐに引っ込んだ。

「あとは知らん！」

扉の隙間からタオルが放り投げられて、レイラはそれをキャッチした。

「ア……アール！　ダメでしょう、濡れたままでは！」

ベッドによじ登ろうとしていたアールを間一髪で捕まえて、レイラは急いで拭く。

（あとで床も拭かないと……）

アールの通ったところはびしょ濡れだ。

それなのに笑いがこみ上げてきて、レイラはくすくすと声を漏らす。

(アールのあんな声、初めて聞きました)

一体クラウスに、どんな洗われ方をしたのだろうか。想像すると微笑ましくて、零れる笑みを止められない。

「団長、ありがとうございます」

風呂場に向かって声をかける。

クラウスから返事はなかったが、レイラはそんなこと気にならなかった。


それからも毎日、竜騎士団の騎士達はドラゴン達のところへやって来た。

仕事や訓練後の一、二時間では仲良くなるのに時間がかかると、朝や夜、時間の許す限り現れて、レイラの仕事を手伝って——ただしクラウスは除く——くれた。

……というより、レイラの仕事を代わりにしてくれて、おかげでこの十日間、レイラはすることがほとんどなかったくらいだ。

その間、騎士達はフレイル以外と着々と交流を深めていき——

「いやっほー！」

アノンの楽しそうな声が頭上から降ってくる。顔を上げればクレードが空を駆けていた。その背にはアノンが乗っている。

「副団長が一番乗りかー」

騎士達がぼやいている。

数日前から始まった騎乗訓練だが、やはりすぐにとはいかなかった。触らせてはくれるが、背中に乗った途端に振り落とされる者。乗っても、言うことを聞いてくれずに飛べない者。バランスが取れず、ドラゴンが飛び上がった瞬間に落ちる者。と、それぞれ苦戦していた。

その中で無事騎乗したのがアノンだ。

「くそっ、あいつだけ……！」

風竜に振り落とされたクラウスが、苦々しげに呟く。

「術具使ってたときはこんなことなかったのに……！」

基本的に乗るドラゴンは決まっているが、かといって他の子に全く乗らなかった、というわけでもないのだろう。

「無意識に、人間側が乗りやすいように操っていたんじゃないでしょうか。今は私達ではなく、ドラゴンの意思なので」

人間に合わせてドラゴンが飛ぶのではなく、人間がドラゴンに合わせて乗らなくてはいけない。相性と、あとは練習あるのみ、だ。

「ドラゴンの体格に合う乗り手を選ぶのも重要かもしれません」

例えば風竜は、土竜ほどではないが体は小さめだし、飛行速度は速いが、それは風竜が軽いからこそ成せることなので、体重の重い者を乗せるのには不向きだろう。

「そうだな……」

クラウスが唸っていれば、レイラの腕からアールが飛び降りた。

「ピ！」

そのままクラウスの足に抱き着く。

「団長、アールの前で他のドラゴンに乗ろうとするのやめた方がいいんじゃないすか？」

「浮気だ浮気」

「誰がだ！」

「アール、ほら、クッキー。食べる？」

「がうっ！」

「わっ！」

クラウスの足元にしゃがみ、クッキーを渡して手なずけようとした騎士だったが、アールに威嚇されて後退る。バランスを崩して尻餅をついた。

その様子に、クラウスや騎士達が笑う。

和やかな空気は、少し前であれば考えられなかった。

まさに共存という言葉がぴったりで、嬉しくなる。

――けれど胸の奥にチクリと小さな痛みもあって、レイラは眉根を寄せた。

(これは……?)

「おい?」

我に返って顔を上げれば、クラウスがこちらを見つめていた。

「どうかしたか?」

「……いえ、何も。そういえばおやつが残り少ないですね。取ってきます」

場を誤魔化し、一人で小屋へ向かう。

と、そこで、ちょうど馬から降りるリッツとラルフを見つけて、目を丸くした。

「リッツ様、バンジ様。どうしてこちらに……」

従者が小屋近くに馬を繋ぐのを視界の端に捉えながら尋ねる。

「竜騎士団が上手くいっていると聞いてね。様子を見に来たんだ」

「すごい!　術具なしで飛んでる……!」

「近くまで行ってきていいよ、ラルフ」

「いいんですか!?　ありがとうございます!」

ラルフは目を輝かせて、一目散に結界へ向かっていった。彼が見ているのはドラゴンばかりで、レイラや、一緒にここまで来たリッツのことですら、頭から抜けているようだ。

「まさかここまでとは……レイラ、君を呼んでよかった」

「いえ、そんな」

「この調子なら、竜騎士団としての活動が再開できるのももうすぐかな」

「はい、恐らく」

頷いて――先ほど覚えた胸の痛みの原因に思い至った。

竜騎士団として活動ができるようになる。それはつまり、ドラゴンの面倒をレイラが見る必要はない、ということだ。

(そうなれば私は――？)

知らず表情が翳る。

「レイラ？　どうした？」

「……いえ、何も……」

「……まさかとは思うんだけれど」

ふと、リッツの指先がレイラの頬に触れる。

「ウォルフ団長が何か――」

「え？」

「ピィィィィ！」

何かを言いかけたリッツだったが、その声はアールに邪魔をされた。

「うわっ」

今まで見たことがない勢いで駆けてきたアールは、リッツの足の間を抜けると、飛び跳ねるようにしてレイラに抱き着き、腕の中に収まる。

「ぐるる……」

そして何故か、リッツに対して唸るのだった。

「アール、どうしたのですか？」

「ピッ」

レイラが訊いても、アールはそっぽを向くばかりだ。

そんなアールに、リッツが苦笑する。

「どうやら私は、随分と嫌われてしまったようだ」

「そんな。アール、リッツ様は私達にすごくよくしてくれているんですよ」

「ピィッ」

優しく言ってみるが、アールは、ふんっ、という態度である。

「構わないよ。むしろ好き嫌いができるくらい成長しているというのはいいことだ」

そこにアールを追いかけて、クラウスもやって来た。

「悪い、いきなりこいつが飛び出して」

そう言って、クラウスはレイラからアールを受け取ろうとする。

「ビイィィ！」

「騒ぐな。邪魔になるだろ」

アールはレイラの腕にしがみついて離れようとしない。

「団長、アールが一緒でもいいので」

別に、リッツとどうしても二人で話をしなければいけないというわけでもない。アールを落ち着かせようと、レイラはよしよしと頭を撫でる。

「――ドラゴン達と上手くいっているようで安心したよ、ウォルフ団長」

「それは、まあ……」

はっきりと肯定するのも憚られるのか、クラウスは濁すように答える。

「アールも元気に育っているようだし、小屋を建てて正解だったかな？」

「かなり人見知りの気があるので、その判断は正しかったかと」

クラウスの言う通りだ。元々は、ドラゴン達を間近で世話するためにと用意してもらったが、アールの性格を考慮すると、ここで育てる方が合っていたように思う。もちろんこれからもっと色々な人と交流して、慣れていってもらうつもりではあるが。

「そうか。それで……君達は、特に何もないかい？」

　にっこりとリッツが笑う。それに、クラウスの眉が小さく動いた。

「アールのためだから仕方ないけれど、やはり気にはかかっていてね。何せレイラは、私の大事な友人だから」

「――はい。心得てますので、上手くやってますよ」

　クラウスもまた、笑みをリッツに返した。

　ただのここでの生活に関する会話のはずで、二人は笑顔を浮かべてばかり。にもかかわらず、一瞬感じたピリ、とした空気はなんだったのだろうか。

「……その調子で、ぜひ頼むよ、ウォルフ団長。……そういえばラルフが、ドラゴンや魔物について書かれた本があるからレイラに貸したいと言っていたのだけれど……」

「わーッ！」

　タイミングよく、ラルフの叫び声が聞こえてきた。見れば、ドラゴンにローブの裾を食べられて慌てている。

「何やってんだ、あいつ」

　わたわたとしているラルフに、クラウスは呆れ顔だ。

「助けてあげてください、団長」

「仕方ねえな」

　クラウスが結界に向かう。レイラ達もあとに続く。

いですか）

——胸の奥の不安は、未だ消えない。

（私の目的は、ドラゴンと共存できる国になること。それが叶うのであれば、いいではないですか）

ここにいるのはただの仕事なのだ、と。

レイラはそう、自分に言い聞かせるのだった。

術具の灯りで照らしながら、レイラはイスに座って、ラルフから借りた魔物に関する本を読んでいた。

（この本、すごい……！）

ラルフのオススメだということもあって、中身は読み応えがあった。

レイラのドラゴンに対する知識は、数えきれないほどの本を読んできた結果だ。だがその情報がすべてこの一冊の中に詰まっている。

しかもそれはドラゴンだけに留まらない。以前レイラを襲った魔狼を始め、見たことも聞いたこともない様々な魔物についても記されている。

「ピィ……ピ……」

アールの穏やかな寝息が聞こえてくる。静かな夜だ。

「眠れないのか？」

――だから、いきなりクラウスに話しかけられて、レイラは驚いた。

「えっ、あ、いえ……！　起こしてすみません」

まさかクラウスが起きているなんて思いもしなかったレイラは、急いで灯りを消すとベッドへ戻る。

いつも通り端へ横になろうとして、しかしそこにアールがいて動きを止めた。

基本レイラとクラウスの間でアールは眠るのだが、今日は寝相が悪くて、ここまで転がってきてしまったらしい。

移動させようと体に触れる。しかし持ち上げようとしたところで「ぴぇ」とアールが泣きかけて、急いで手を離した。気持ちよさそうに眠っているのだ。起こしたくはない。

「こっちでいいだろ」

どうしようかと悩んでいたレイラに、クラウスが自分の隣を指す。

「し、しかし……」

「なんだ？　気にしてないんじゃなかったのか？」

うっ、とレイラは言葉に詰まる。躊躇すればするほど、クラウスを意識しているといっているかのようで恥ずかしくなった。

「……失礼します」

そのためアールに寄り添うような形で、レイラはクラウスの隣に寝転んだ。

「……」

闇の中でクラウスの視線を感じるのは、気のせいだろうか。

かといって自分から話しかけるのも違う気がして、レイラは目を閉じる。

「……最近お前――」

が、突然クラウスに話しかけられ、思わず瞼を上げた。

「え……」

「いや、なんでもない」

何か言いかけたようだが、クラウスはそう言ってレイラに背を向ける。

「痛っ」

その際クラウスの服のボタンか何かに、レイラの髪が引っかかったようだ。ツン、と引っ張られるような痛みに、つい小さく声を上げてしまう。

「なんだ？」

「すみません、髪が引っかかったようで……」

「髪？　……これか」

「いっ……」

外そうとしてくれたようだが、さらに強く引かれてレイラは呻いた。

「もう少しこっちに来い。離れてるとやり辛い」

言われるがまま、アールを起こさないよう注意しつつ、レイラはクラウスの方へ寄った。

普段であればレイラとクラウスは、アールを挟んで、さらにもう少し距離を取っている。なるべくベッドの端と端にお互いがいるようにしていた。

けれど今は、その隙間がない。これだけ近づけば、闇に慣れた視界にぼんやりとクラウスの顔が見えてしまう。居心地の悪さに胸がざわついた。

「……も、もうハサミで切ってしまって構いません」

「さすがにそれはダメだろ」

月明かりを頼りに、クラウスはレイラの髪を外そうと躍起になっている。

「……っ……」

恥ずかしくて、距離が近くて、顔を上げられない。

何か喋った方が気が紛れるだろうかと、必死に話題を探す。

(何か……)

「お前、ブリーダーになったのっていつからなんだ？」

悩むレイラに変わって話題を提供してくれたのは、クラウスだった。

「小屋のとこに繋がれてた殿下やラルフの馬、楽しそうに相手してたな」

「一人でも仕事をするようになったのは二年ほど前からです。それまでは養父母と共に」

　気が紛れることに安堵しながら、レイラも応じる。

「つまり引き取られてからってことか」

「そうですね。ですが引き取られる前に住んでいた貴族の屋敷でも馬の世話はしていたので。十歳くらいのときにはもう動物を相手にしていました」

「へえ」

　自分を産んだ両親は、レイラが幼いときに事故に遭って亡くなったらしい。肖像画もなく、どんな人達だったのか、全く知らない。

「馬の世話を含め、下働きをしていたのですが……そこの人達に……あまり、いい思い出がなくて」

　レイラは言葉を濁す。クラウスも追求してくるようなことはしなかった。

「ある日、森に山菜を取りに行かされたんです。暗くなる寸前で……そのときに人攫いに遭いそうになって」

「えっ⁉」

　思わずだろう、クラウスが叫ぶ。

「ピ……」

「団長、アールが起きてしまいます」

「わ、悪い。……それで、どうなったんだ？」

「そこを、ドラゴンに助けられたんです」

あのときのことは今でもありありと思い出せる。

突如(とつじょ)現れた姿は、夕焼けが具現化したのかと思った。それくらい鮮(あざ)やかな深紅(しんく)の体躯(たいく)が、レイラと、レイラを攫おうとした男達の間に割り込んだ。

「人攫いの方々は逃げていって、私はそのまま食べられるかと思いました。ですがそのドラゴンは、私を助けたあと、すぐにどこかへ飛んでいきました。食べるためではなく、助けるために来てくれたんです」

「ドラゴンが……そんなこと本当に……？」

クラウスが信じられないのも当然だろう。彼の中では、魔物(ドラゴン)とは人間を襲うものでしかなかったのだから。

「翌日も山菜取りを命じられたので、行くフリをして、ドラゴンを探しました。数日間探して、やっと見つけて……最初は警戒されたんですけれど、何度もお礼を告げるうちに、危害を加えるつもりはないこと、むしろ友達になりたいということを理解してくれて。そのときにその子が、人語を話せることも知りました。あの子は……カールは、特別なドラゴンだったんだと思います」

どんな文献(ぶんけん)を読んでも、人語を話して意思疎通(そつう)のできるドラゴンのことは載っていなかった。ここのドラゴンもそうだ。あれはカール特有の能力だったに違いない。

「あのとき、私の話し相手はカールだけでした。一緒にいたいと思える人——この場合はドラゴンですが、そんな相手に出会ったのは生まれて初めてでした」

「……」

「カールとは色々な話をしました。その中で、人と共存して暮らしていたことを教えてもらいました。楽しく暮らした経験があるからこそ、咄嗟に私のことを助けてくれたそうです。……団長は、私の話など信じてくれていなかったですが」

「それは……仕方ないだろ。いきなりそんなこと言われても」

困ったような口調で言ったクラウスは「だが」とぽつりと呟く。

「今は……信じる」

「信じてくださるんですか？」

「そんな嘘をついてお前にメリットもないだろうからな。あのときは……悪かったな」

「い、え……」

最近のクラウスは、出会った頃と随分と印象が変わったと、レイラは思う。一緒に過ごした時間のおかげだろうか。それとも——レイラが変わったのだろうか。

「それでそいつと……死に別れたのか」

「え？　いいえ」

「え？　だってお前、会えるものならって……」

「死んでは……いないと思います。ただある日、突然いなくなって……。そのあとすぐ屋敷に、ドラゴンの討伐を依頼されたという騎士団が訪ねて来たので……恐らくカールは、その人達に見つかる前に逃げていったんだと思います」

いくら人語が話せるとしても、話し合いができなければ意味はない。初めから殺す目的の相手からは逃げるしかなかったのだろう。

「別に……それはいいんです。私だってカールを殺されたくはなかったですし。ただ……」

レイラは唇を噛み締める。幼い自分が顔を覗かせる。

「もっと、一緒にいたかったです。むしろ、一緒に連れていってほしかった」

レイラを虐げてくるのはいつも人間で、唯一助けてくれたのはカールだけだった。そしてそのカールも、人間のせいでレイラの前から姿を消してしまった。

「それからは……いつもの独りの生活に戻りました。ただ、その屋敷で私が面倒を見ていた馬を、毛並みがいいと品評会に出すことになって」

「そこで、クリフォード家に腕を認められて引き取られたわけか」

レイラは頷く。十二歳のときの話だ。

「ドラゴンと仲良くなって暮らしていれば、噂を聞いたカールとまた会えるかもしれません。そしたら今度こそ、一緒に暮らせます」

「だから……あんなに必死だったのか」

「はい。私の居場所はきっとドラゴンのところにある。そう思って……いたのですが……」

仲良くしている竜騎士達とドラゴンが脳裏を過り、言葉が続かなくなる。

双方が仲良くなれば、レイラの橋渡しは必要ない。世話も面倒も騎士団が見ればこと足りる。現にこの十日間、仕事は騎士達に取られてしまった。

「おい、どうした？」

「……いえ、なんでも」

「なんでもないって感じじゃないだろ。今日ずっと元気なかったくせに」

指摘されて、レイラは何も言えなくなる。

そんなに分かりやすく態度に出ていたのだろうか。

「誰かが、何かしたか？　もし俺の部下が原因なら遠慮なく言え。竜騎士団の中で問題があれば、団長として俺にも責任がある」

「皆さんは関係ありません。ただ、私が勝手に……」

「勝手に、なんだ」

「……団長には、関係ありません」

ふと気づくと、髪の毛を引っ張られるような感覚がなくなっていた。会話に夢中になっていて、外れていたことに気づかなかったらしい。

「ありがとうございます、団長。もう寝ます」

そのままクラウスから離れようとする。

けれどその前に手首を摑まれ、阻まれた。

「あの」

「関係なくはないだろ。俺は団長で、」

目と鼻の先にクラウスの顔があって、レイラは息を吞んだ。真っ暗な中でも、真剣な眼差しを向けられているのが分かる。

(団長で、……何？)

体は金縛りに遭ったかのように動けないのに、思考だけは妙にクリアだ。続けられるはずだった言葉を、レイラは待つ。

「団長で、――――」

ゆっくりと、クラウスが唇を開く。

一体何を言われるのかと、反射的にレイラは身構えた。

「……お前は、竜騎士団の世話係だろ。無関係じゃない」

「……そう、ですね」

発せられた続きに、レイラは拍子抜けした。無意識に緊張していた体から力が抜ける。

(団長は当たり前のことを言っただけなのに……何故こんな……残念なような……？)

自分の反応が不思議で仕方ない。

「ピィ……」

アールが回転して、レイラにぶつかってきた。また方向転換し、広いベッドの上をコロコロと移動していく。

「……団長、アールと随分と打ち解けましたよね」

アールのそんな姿を眺めながら、レイラは不意に呟いた。

「は!?　べ、別に……」

「アールを拒否しないじゃないですか。この前はお風呂にだって入れてくれて」

「あれはこいつが来るから仕方なく！」

「団長も、皆さんもそうです。アールだけでなく、他のドラゴンと心を通わせています。私が来る前にしていたように、皆さんで当番を決めて、世話ができると思います」

「……何が言いたい？」

「私はもう、不要ということです」

シン、と沈黙が落ちた。

自分で言って、胸がズキズキした。けれどレイラは、それを無視する。冷静な自分で抑え込んで、ないものにする。

「皆さんで世話ができるのであれば、世話係はもう必要な――」

「は？　何言ってんだ？」

レイラを遮ったのは、心底呆れたような口調の、クラウスの言葉だった。

「ドラゴンの世話ができてるわけないだろ。今日だって喧嘩しそうになったドラゴンを止めたのはお前だっただろうが」

「そんなことありましたか？」

そういえば餌の取り合いをしようとしたドラゴンがいたような。ただいつも通り宥めて、新しいものを与えれば治まったので、喧嘩を止めたとまでは言いきれない気がする。

「あった。俺らは見てることしかできなかったしな。そもそも普段俺達は面倒を見きれない。仕事もあるし。その間の世話はどうする。てかこいつだって、俺が一人で面倒見るなんて冗談じゃないぞ⁉」

ピィピィと鼻を鳴らして眠っているアールを、クラウスは指差した。

「四六時中ぴーぴーうるせえんだ。ストレス溜まる」

きっぱりとした口調は、世辞の慰めには到底聞こえない。

「そもそもなんで二人で育てることになったのか忘れたのか？　こいつに力を与えるためだろうが」

ぱちぱちと、レイラは瞬きを繰り返した。

「そういえば……そうでした」

体の怠さもすっかりなくなっていたので、そういう意図があったことを忘れていた。

「お前、なんでそんな考えに至ったんだ？」

言われて、レイラは考える。

（だって、今の私にできることは少なくなっていて……）

そう思うが、すぐに違う、と気づく。それは自分を正当化する言いわけだ。

本当の理由は――――。

「寂しく……て」

「は？」

「私がいなくても、皆さん、楽しそうですから」

ぽろりと口を衝いて出てしまった言葉に、レイラは自分でも驚いた。

「……拗ねてんのか？」

「ち、違います！」

咄嗟に否定したが、本当に違うのかは分からない。顔が熱くなってくる。

「別に、今まで一人でも大丈夫でしたし。むしろ私は一人でいいんです。だって」

（だってドラゴンや動物以外、私に優しくしてくれる人はいなかった）

そんなことを考えて、けれど、本当にそうだっただろうか、とも思う。

それこそ、目の前にいる彼は、レイラを虐げてきただろうか。生活を共にしたり、アールを一緒に探してくれたりしたのに?

アノンや竜騎士達もそうだ。リッツやラルフ、養父母だって。

心の底では、ちゃんと分かっている。だが……。

「——また、カールみたいにどこかへ……行きませんか……?」

仲良くなって、信じて、またカールのように去られてしまうのが、怖い。

だから、人と一定の距離を空ける。近づいた分、遠ざかると傷つくから。養父母とだってそうだった。彼らがよくしてくれていることを知っているのに、勝手に怖気づいて、受け入れられずにいる。

「……すみません、忘れてください」

自分でも何を言っているのか分からなくなってきて、レイラは顔を背けた。

「お前、なかなか拗らせてんな」

そんなレイラに、呆れを滲ませて——けれど何故か楽しげに、クラウスが言った。

「ッ……」

恥ずかしい。どうしてクラウスにこんなことを言ってしまったのか。

そしてどうして彼は、こんな支離滅裂な話を聞いてくれているのか。

「忘れてください！」

「断る」

「っ、だんちょ……」

レイラの手首を握るクラウスの力が強くなった。

「ここじゃ絶対に、お前が不安に思ってるようなことにはならない。俺が団長である限り、させない」

真剣な声音に、レイラは俯かせていた顔を上げ、クラウスを見る。途端に、その強い眼差しから目が離せなくなった。


「お前が必要だ」


「──っ」

「仕事だからな。お前がいなきゃ、どうにもならん」

早口で、クラウスは付け加えた。

「はい、仕事……ですもんね」

「いや……でも別に、それだけじゃ」

「団長」

　さっきから息が止まりそうに、胸が苦しいのは何故だろう。いつもと同じ夜の空気が、どことなく柔(やわ)らかくて、甘い。

　手首を摑むクラウスの手に、レイラは思わず手を重ねる。鼓動(こどう)がうるさくなって——。

「ピィ？」

　枕(まくら)側からアールに顔を覗き込まれて、レイラとクラウスは同時に飛(と)び退(すさ)った。

「痛(いて)ッ！」

「きゃっ」

　クラウスは壁(かべ)に激突(げきとつ)し、レイラは距離感を誤って床に落ちた。

「ピ？　ピィ？」

　打ちつけた頭を押さえるレイラを、ベッドの上からアールが心配そうに見下ろしてくる。

「い、いつから……起きていたんですか……？」

「ピィ！」

　涙目(なみだめ)になりながら訊くレイラに、元気よくアールは応えてくれるが、答えは不明だ。

（今私は、何を……）

　もしあそこでアールが起きなければ、一体どうなっていただろう。

　心臓は未だにドキドキしている。顔や、摑まれていた手首が火傷(やけど)しそうなほど熱い。

「ピッ、ピィ！」

「そうですね、まだ夜ですし、寝ましょう」

ベッドへ戻り、レイラはアールと共に横になる。

隣を見れば、クラウスはもうこちらに背を向けていた。

「……おやすみなさい、団長」

「……ああ」

それきり会話はなく、レイラは瞼を下ろした。

まだ心臓はいつもより多く鼓動を刻んでいて落ち着かなかったが、その反面、あんなに重かった胸の痛みは、軽くなっていた。


ドラゴンが五頭、空を飛び回っている。

二頭は、蒼(あお)の鱗が太陽光でキラキラと輝き、虹色(にじいろ)を放っているようにも見えた。水竜だ。

一頭(クレード)の背中にはアノン、もう一頭(ヴェーレ)には別の騎士が跨(また)っている。

もう二頭は風竜で、水竜よりも素早(すばや)い速度で結界内を飛翔(ひしょう)している。薄緑(うすみどり)の体軀には、それぞれ騎士が一人ずつ。

残りの一頭はカルムだ。他のドラゴンに交じって飛ぶ姿は楽しそうである。

「ピィイ」

結界の外で遊んでいたアールが声を上げている。自分が飛べない分、空を駆け回る彼らの姿に圧倒されているのだろう。

「俺以外全員乗れんのかよ……」

そんな中、ドラゴン達を見上げながら、クラウスが苦々しげに零した。

結局クラウスだけは、騎乗までは辿り着けなかった。曰く、乗り心地が違う……というか、合わないらしい。

クラウスは特に理由がない限り、フレイルにばかり乗っていたという。そのせいで体がフレイルでの乗り方を覚えてしまい、他のドラゴンではしっくりこないのだろう。特に今は術具で操ってもいないので、余計に顕著に感じているようだ。

「練習あるのみです、団長」

「ああ」

レイラに対するクラウスの態度は、いつも通りだ。また、レイラも同様である。

先日のあの夜の出来事など、まるでなかったかのように。

時折思い出してはそわそわしてしまうこともあるが、それでは仕事にならないので、レイラはその感情を押し殺している。クラウスもそうなのか、それとも彼の中ではなかったことになっているのか、むしろあれはレイラが見た夢だったのか。

「……最近あいつは、あそこから動かないな」

そう言ってクラウスが指差すのは、隅の木陰でじっとしているフレイルだ。

友好的なドラゴンから優先して交流していたため、フレイルはずっと放置状態だった。

「私達がいないところでは動いているようです。食事も、置いてしばらくすればなくなっていますし」

「そうか」

クラウスは何やら考えるような素振りを見せる。

「団長？」

「一度……試すか」

クラウスが何を言ったのか。半刻、レイラの理解が遅れた。

その間にクラウスは、フレイルの元へ行ってしまう。

そんなレイラの隣に、まるで自分の体の一部であるかのように手綱を操作したアノンが、クレードと共に降り立つ。

「レイラちゃん。クラウス、もしかして……」

アノンに続いて他の騎士やカルムも降りてくる。

フレイルの強さは、ここにいる全員が知っている。最初にレイラを襲った魔狼を一掃したのがフレイルなのだ。

近づいてくるクラウスに気づき、フレイルが緩慢な動作で顔を上げた。

(フレイルは、今こうしている私達をどう思っているのでしょうか)

世話をし、術具なしで交流している竜騎士団を見て、前とは違うのだと分かってくれたら。もう無理やり従わせることなどしないと認識してくれれば、共に空を駆けられるのではないだろうか。

少なくともレイラは、以前と比べればフレイルの傍に近づけるようになった。空けなければいけない距離は、日に日に短くなっている。

(団長……フレイル……)

レイラを始めとする全員が、固唾を飲んでその光景を見つめていた。

手を伸ばせば届く距離に、クラウスはいた。フレイルにあそこまで近づけたのは初めてだ。

見つめ合い、しばし。

クラウスが片手を上げる。フレイルに触れようと腕を伸ばした。

直後——轟ッ、とクラウスが炎に包まれた。

「団長ッ！」

一瞬で紅い壁が広がって、レイラは叫ぶ。咄嗟に駆け出していた。

「ちょっ、レイラちゃん⁉」

「フレイルを刺激したくないので、皆様は動かないでください！」

炎の範囲は広く、紅い色に阻まれて、クラウスどころかフレイルの姿も見えない。

「団長！」

熱風に怯みながらも、燃え盛る炎の中にクラウスの姿を探す。前に炎を吐かれたときも、術具で簡易的な結界を作り、避けていた。きっと今回もそうしているはずだ。準備がないまま、ああやってフレイルに近づくわけがない。レイラはそう自身に言い聞かせる。

炎の中に人影が見えた。飛び出してくる。

「大丈夫ですか⁉」

「一瞬遅れた」

吐き捨てるクラウスの言う通り、右腕の一部に火傷を負っている。

レイラに失態を見られたと気づいたクラウスは、腕を背後に隠した。

「早く医務室へ……ッ！」

「掠っただけだ。大袈裟にするな」

ふと、炎が弱まっていくのが分かり、レイラとクラウスは顔を向ける。だんだんと小さくなる炎の壁の向こうから、フレイルの姿が現れた。

二メートル以上のこの距離は、フレイルの拒絶だ。

「フレイル……」

身構え、睨みつけてくるフレイルに、レイラは何も言えなくなる。

クラウスもそんなフレイルを見つめていた。

不意にクラウスの唇の端が歪に吊り上がった。呆れたような、自嘲のような笑みを刻む。

「お前、いつまでそうしてるつもりだ⁉」

フレイルへ怒鳴るように言うクラウスに、レイラはぎょっとする。

「本当にここが嫌なら、暴れるなりなんなりできることはあったはずだろ⁉　なのに自分の殻に閉じこもって中途半端で……」

ギリ、とクラウスが唇を噛み締める。

「まるで、俺と一緒だな」

掠れた呟きに、レイラは何を言えばいいのか分からない。

フレイルが立ち上がる。向けられる敵意に、レイラの背筋にぞ、と悪寒が走った。

「団長……」

「怒ったか」

レイラを庇うようにしながら、クラウスも身構える。

「まあ……こいつらにしてきたことを思えば、当然か」

「……団長……」

「ピィイイイイ！」

「っ、は⁉」

　アールの声が近づいてきたと思ったら、クラウスが少しつんのめった。見れば、アールが背中に飛びついてきている。

「おま……危ないだろうが⁉」

　一触即発（いっしょくそくはつ）の雰囲気の中飛び込んできたアールに、クラウスは狼狽（ろうばい）した。

「くそ！」

　慌てたようにレイラの手を引いて、結界外まで一目散に逃げる。背後から襲われるかもと心配したが、フレイルは走っていくレイラ達に視線を寄こすだけで、攻撃はしなかった。

「何考えてんだお前は⁉」

　背中からアールを引き剝（は）がして眼前に持ってきたクラウスが怒鳴る。

「ピッ、ピピ……ビィイイイ！」

「泣くな！　お前、下手したら死んでたかもしれないんだぞ⁉」

「びえええぇぇぇ」

　涙（なみだ）と一緒に垂れたアールの鼻水が、クラウスの手に落ちる。

「うげっ！」

「団長、火傷の手当てを。小屋に確か薬が……」

そんなやり取りをしていた、そのとき。

「ッ、竜騎士団に要請（ようせい）！」

一人の兵士が馬に乗って現れた。

「魔物の大群がこっちに向かってきている！　出動を！」

その場の空気が瞬時に張り詰め、全員に緊張が走った。


おびただしい数の鳥に似た魔物が、上空から王都（ライベル）を覆（おお）い囲んでいた。

兵士曰く、仕事で他国に赴（おもむ）いていた商人が、帰りの道中に誤って魔物の縄張りに侵入してしまい、追いかけられてきたのだという。商人は寸でのところで王都の結界内に逃げ込めて助かったのだが——魔物は諦（あきら）めてはいないようで、結界の外で待ち構えているとのことだった。このままでは誰も、王都から出られない。

「いきなりだが、いけるか？」

「多分ね」

武器や装具を揃（そろ）え、それぞれの騎士が、先ほど自分を乗せてくれたドラゴンに跨る。

「そいつは俺が乗る」

「無理でしょ、クラウス」

風竜に跨ろうとしていた騎士を止めるクラウスへ、アノンが言う。

「クラウスよりそいつの方が上手く乗れる。お前じゃ途中で落とされるのがオチだって」

「だが」

「お前だって本当は分かってるだろ」

クラウスは押し黙る。図星らしい。

「……分かった。任せたぞ」

「もち。じゃ、行くぞ」

アノンの声を合図に敷地の結界が解かれ、四頭が一斉に飛び上がった。

王都を覆う結界は、竜騎士団のドラゴン達が通れるように調整されている。外の魔物は一定のところで弾かれているが、ドラゴン達は何に邪魔されることなく上空へ一気に駆けた。

地上に残ったのは、レイラとアール、クラウス、カルム、そしてフレイルだ。フレイルは隅に鎮座して目を閉じている。

「ピィ……」

魔物で闇色に染まった空を見上げたアールが、レイラの腕の中で不安げな声を漏らす。

「大丈夫ですよ、アール。皆さんがこれから退治してくれますから」

アールの背中を、レイラは優しく撫でる。

「ピッ」

竜騎士団に、魔物が襲いかかるのが見えた。ドラゴン達は魔物の攻撃を避け、ときには攻めに転じる。

風竜の起こした風が魔物の動きを阻害し、その隙に水竜が爪や尻尾で攻撃する。

騎士達も、術具武器を使って対抗していた。

例の術具なしでの初めての戦闘とは思えないほど、息はぴったりだ。

――しかし。

「一体こんな数、どこから……」

思わずレイラは呟く。

魔物達は、竜騎士団の攻撃を受けて次々と落下していく。けれどまた同じ――いや、それ以上の数がどこからともなく現れる。百、二百など優に超えていた。一匹一匹が人間の半分ほどの大きさだからこそ、今はなんとか戦えているが……。

「っ……こんなときにラルフはいねえし……！」

ラルフは、他国に出現したという珍しい魔物の調査のため、ライベルを留守にしていた。

ラルフさえいれば魔物の正体も、対処の方法もすぐに判明するはずだった。

「くそ……ッ」

頭上を見つめるクラウスの横顔が歪んでいる。彼は血が滲むのではと思えるほど強く拳を握り込んでいた。

戦場が空である以上、飛ぶことのできないクラウスは、ただこうやって仲間が戦っているのを見守ることしかできない。

それを歯痒く思っていることが痛いほど伝わってきて、レイラは唇を噛んだ。

何か声をかけたいのに、言葉が見つからない。

レイラもまた、ドラゴンと、その背に乗る騎士達を見つめることしかできなかった。

ドラゴン達は次第に追い詰められていく。何せ魔物の数が多すぎるのだ。長期戦になればこちらが不利なのは明らかだった。

「あっ」

その中でクレードとアノンが魔物に追いかけられているのを見て、レイラは声を上げる。

水竜は水中を自由に動き回れるし、空を飛ぶこともできるが、攻撃力が弱いのが難点だ。火竜のように炎を吐き出して相手を燃やすことも、風竜のように風を操って相手の動きを制限することもできない。かといって土竜のような鋭い爪や大きな尻尾もないので、空中で戦うとなると後手に回りやすいのだろう。

寸でのところで躱し、ときには騎士が武器で斬りつけ、なんとか耐えているが……。

「ピ!?」

「え？　きゃっ⁉」

すぐ近くに真っ黒な何かが落ちてきて、反射的にレイラは悲鳴を上げた。

頭が半分斬られた、魔物の死骸である。レイラは咄嗟に身を捩って、アールに見せないよう目を手のひらで覆う。

生きている魔物は結界を通れない。そのため死骸が落ちてきたのだろう。

（……え、でも……）

あれだけの数の魔物である。であれば、もっと大量に降ってきてもおかしくないはずだ。

刃物のように鋭い嘴と爪を持った魔物は――突如、溶けた。草の上に、砂の塊が残る。

驚き、レイラは目を見開く。クラウスに顔を向ければ、彼も今の出来事が信じられないようだった。

二人して空を見上げる。騎士によって次々と屠られた魔物は、重力に逆らえず落下する。

けれどその姿はいきなり消えて、地上まで届かない。

「どういうことだ……？」

不可解な現象に、クラウスが呟く。

「キュウ」

と、今までおとなしかったカルムが、レイラの団服の裾に噛みついた。

「カルム？」

「キュ、キュ――」

尻尾で地面を叩（たた）き、レイラを引っ張るカルムは、必死に何かを訴（うった）えている。

「――……」

（カルム（土竜）が異変を感じるとすれば、それはどこ……？　土……地中……、魔物の体は砂になって……そんな魔物、聞いたこと――）

ふと、レイラは思う。

今戦っているこの魔物（鳥）が、魔物（生き物）ではないとすれば？

その瞬間、ある考えが一気に浮かんできて、レイラはクラウスに向き直った。

「アールを！」

「へっ!?　は!?」

アールをクラウスに渡したレイラは、カルムを一度離し、小屋へ駆け込んだ。机の上に置いたままだった、ラルフから借りた本を急いで開く。

「確か……」

荒（あら）い動作でページを捲（めく）り、該当（がいとう）の箇所（かしょ）に目を通すと、本を手にクラウス達の元へと戻った。

「団長ッ、幻覚鳥（アーティオ）です！」

「は？　アーティ――」

「森の奥に生息する魔物です！　普段はおとなしく人前に姿を現しませんが、自分の縄張りを侵されたと判断すれば徹底的に敵を排除しようとします」

ページを開き、クラウスに突きつける。

「『親』は『子』を産み、敵を攻撃します！　『子』は空に、『親』は地中に！」

幻覚鳥だとすぐに気づかなかったのも当然だ。『親』の姿は描かれてこそいるが、『子』は幻覚鳥によって見た目に統一性がないため載っていない。だが幻覚鳥の魔力をこめられた砂は、『子』となり、『親』より一番遠いところ、空から敵を攻撃する。倒された『子』は砂に戻る――。

「『子』を囮に、『親』が近づいてきているんです！　だからカルムも気づいたんです！」

王都を守る結界も、さすがに地中深くまでは機能していないようだ。

空にばかり気を取られてレイラ達は気づかなかったが、カルムだけは異変を感じ取った。

「カルム、案内してください！」

カルムが翼を広げる。勢いのままその背に乗り込もうとしたレイラだが。

「阿呆か！」

ぐい、と肩を摑まれて引っ張られた。

「なんでお前が行く」

「しかし団長は腕が……」

「こんなもん怪我でもなんでもない」

カルムの前から、レイラは押し退けられた。

「俺が行く。お前はここでこいつの面倒を見てろ。それが、お前の仕事だろうが」

首根っこを掴まれたアールが目の前に差し出されて、反射的に受け取った。

「俺の仕事は、大事なものを守ることだ」

「ピィィッ！」

アールが吠えた。まるで頷いているかのようだ。

クラウスはそんなアールを一瞥し、ふ、と笑う。

「だろ」

今、一体どんな会話が行われたのか、残念ながらレイラには分からない。

「その大事なものには、アールも含まれているのですか？」

「……うるさい。言っておくが、お前もだぞ」

「え？」

聞き返すレイラを無視して、クラウスはカルムの背に飛び乗った。

「ギリギリだが……行けるな？」

「キュウ！」

レイラを乗せるには余裕のカルムだが、大の男だと少し危なげだ。

思わずレイラは、クラウスのマントを摑む。

「放せ。……って、お前……」

マントを摑んだのがアールだと思ったのだろう。目を丸くしたクラウスに見下ろされて、レイラは無意識の自分の行動を自覚し、慌てて放す。

「いえ、これは……」

引き止めている場合ではない。早くしなければ竜騎士団や王都が危ないのに。

「あの……い、いってらっしゃい。お気をつけて」

「ピィ！」

一歩下がり、告げる。レイラの腕の中で、アールもクラウスを見つめる。

クラウスはそんなレイラとアールへ交互に視線を向けた。

「ああ。行ってくる」

クラウスの手が伸びてきて、アールと、レイラの頭をそれぞれポンと軽く叩いた。思っていたよりも優しい指の感触は、「安心しろ」とでも言っているかのようで。

「行くぞ！」

「キュウウウ！」

助走ののち、カルムが飛び上がった。翼がクラウスを包み込み、カルムが頭から地面に落下するように向かう。

次の瞬間にはカルムとクラウスの姿は消えていて、代わりに地には穴が空いていた。

「ピィィ」

アールが嬉しそうに、自分の頭に手を伸ばしていた。

レイラもそっと、まだクラウスの感触が残る頭に軽く触れてみる。

「……団長であれば、大丈夫です」

ふと、視線を感じた。

頭をもたげているフレイルと目が合う。フレイルはじっとレイラを見つめ、けれどすぐに背けてしまった。

それが一体何を意味しているのかは、そのときはまだ分からなかった。


「危な……っ！　あっ、後ろ！」

「ピ！　ピピィィ！」

『子』と戦う竜騎士団を見上げながら、レイラとアールは声を揃えて彼らを応援する。

だいぶ時間が経って、決して優勢とはいえない状況だ。けれど誰も諦めていない。

（もう少し耐えてください……！　そうすれば団長とカルムがきっと……）

ここからただ見ているだけの自分がもどかしい。

——と、地面が振動したような気がした。

続いて近くの地面が盛り上がる。地中からカルムが這い出てきて、背の翼が開かれると同時に、転がるようにしてクラウスが出てきた。

「団長！　カルム！」

「うぇ……ロン中じゃりじゃりする……」

肩で息をしながら、クラウスが砂を吐き出している。

「ピィイイイ！」

駆け寄るレイラとアールに気づいて、クラウスが顔を上げる。そしてにやりと笑った。

「お前の読み通りだ」

「では」

「ああ。『親』は潰した。あとはあいつらだけだ」

クラウスが視線で指すのは、上空の『子』である。『親』がいなくなっても、一度生み出された『子』は健在らしい。ただ魔力を与えてくれる『親』がいなくなったので、砂に戻った『子』が復活してくることはもうない。

顔や服についた汚れを払うクラウスへ、カルムが「キュウ」と鳴きながら寄ってくる。乗せて飛んでいってくれるつもりらしい。

「ダメだ」

「キュ⁉」

「こいつを頼む。足をやられてるはずだ」

「え⁉」

クラウスに言われて、レイラは慌ててしゃがみ、カルムの足を確認した。隠そうとしていたが、カルムは後ろ足を引きずっている。

（気づかなかった……）

カルムはクラウスのマントを噛み、引っ張る。大丈夫だからさっさと乗れ、そう訴えているようだった。

けれどクラウスは緩く首を横に振り、カルムの頭を撫でる。

「お前のおかげで『親』を見つけて倒せた。それだけで充分だ。あとはあいつらに任せる」

「キュ……」

無理をしていたのだろう。クラウスに優しく言われたカルムは、クラウスのマントを放すと、その場にへたり込んだ。

「カルム……」

「キュウ……」

「ピ！　ピピ！」

他に怪我はないかとレイラがカルムの体を確認していると、アールがレイラの腕から下りて、勇ましくクラウスの前に立った。

「ピィッ！」

そのままクラウスに背を向ける。カルムの代わりに自分に乗れ、ということらしい。

クラウスが噴き出す。

「無理に決まってるだろ」

「ピィ……」

「気持ちだけは受け取ってやる」

しょぼんとするアールに笑ったクラウスは、一瞬だけフレイルを振り返った。フレイルと目が合うが、すぐに逸らされる。

「……術具は、使わないのですか？」

思わずレイラは訊いていた。

「お前が言うか？　でも……ああ、もうあれはいらない」

そもそも使う気があったなら、初めからそうしていたはずだ。

「それに俺が行かなくても、もうあいつらでどうにでもできる」

クラウスは言いながら、レイラ達に背を向けて歩き出した。

「団長、どこに……」

「『親』を倒した報告だ。新しいやつは出てこないって知るだけでも……」

そこまで言って、クラウスが止まる。

レイラも驚いて目を丸くした。

我関せずとばかりにそっぽを向いていたフレイルが、ゆっくりとこちらに向かって来るのが見えたからだ。

フレイルはクラウスの眼前で足を止めると、じっ、と彼を見下ろす。

不意にフレイルの背で翼が広がった。

「お前……」

小さく呟いたクラウスは——次の瞬間、フレイルの背に飛び乗った。

「団長、鞍は……⁉」

「いらん！」

クラウスがどこか弾けた口調で言い放つ。

「行くぞ、フレイル！」

クラウスが名前を呼んだのを合図に、フレイルが翼を動かして空へ飛び上がった。

「わ……ッ」

翼による風に、レイラは思わず手のひらを顔の前にかざす。クラウスとフレイルの姿はぐんぐん小さくなっていき……そのスピードに、レイラは圧倒されるばかりだ。

「ピピィ、ピイッ！」

アールはその場で飛び跳ねながら、クラウス達に向かって両手を振っている。

大きく旋回して闇色の中に飛び込んだフレイルから、轟ッと炎が吐き出された。『子』が一掃されていく。

煌々とした緋色は、まるで夕焼けのようだ。

「団長……フレイル……」

『子』が、四方八方からクラウスとフレイルを取り囲んだ。一斉に襲いかかる。

だがフレイルは避けようともしない。前方の『子』を炎で一網打尽にする。背後から襲ってくる『子』は、クラウスが剣で切り裂いた。

その姿は、魔狼に襲われたレイラを助けてくれたときと似ていた。だがそこに術具はない。フレイルは自らの意思で動き、クラウスが合わせている。けれどクラウスがバランスを崩しそうになれば、フレイルがフォローする。

一人と一頭の共闘する姿に、レイラは初めて彼らを見た日の感動を思い出し、胸を熱くさせたのだった。

――ライベルを取り囲んでいた魔物が消え、本物の夕焼けが姿を現したのは、そのあとすぐのことだった。

竜騎士団の活躍により幻覚鳥は、『親』も『子』もすべて、無事に倒された。

竜騎士団の功績が国から讃えられたのはもちろん、ドラゴンに乗って堂々と戦う騎士達の姿は街の人々も目にしており、ドラゴンに対する印象は多少塗り替えられたようだ。

竜騎士達も騎士達で、一緒に戦ったことで絆が生まれたのか、今まで以上に空いた時間は自らドラゴン達の元に足を運んでくれるようになった。

今日も訓練後、騎士達は来てくれて、その中にはクラウスの姿もある。

木陰で、フレイルの背をブラシで擦っている。が、突如尻尾にブラシを叩き落とされた。

「さっきからなんなんだよお前は⁉」

尻尾はクラウスの手も掠ったらしく、その痛みに呻きながらクラウスが怒鳴っている。

「俺のこと認めたんじゃないのかよ⁉」

ツン、とフレイルは顔を逸らしたままだ。

クラウスはそんなフレイルに文句を呟きつつ、ブラッシングを再開する。そしてまたブラシを叩き落とされて「だーっ、くそ！」と叫んでいた。

「クラウス、そんなんじゃいつまで経っても仲良くなれないぞ～」

「どう考えてもこいつのせいだろうが！」

クレードの背に乗って飛行を楽しんでいるアノンが、空中から声をかけている。

その様子を、レイラは少し離れたところから眺めていた。足元ではアールが遊んでいる。

「ぼくも見たかったです……アーティオがまさかこんな近くにいたなんて……」

レイラの隣では、ラルフがハアと溜め息を吐いていた。ドラゴン達の様子を見に来たのと、レイラから幻覚鳥(アーティオ)について詳(くわ)しい話を聞きに来たのである。

ラルフが王都に帰ってきたのは、幻覚鳥の騒動(そうどう)の翌日だった。

「バンジ様から借りた本が役に立ちました。ありがとうございました」

「そんな。たまたまです」

笑って言いながら、ラルフが結界内に視線を向けた。「それにしても」と呟く。

「騎士の皆さんも、ドラゴンも、変わりましたね。知ってます？　国民の間じゃ、竜騎士団の噂で持ちきりで。他の騎士からも、竜騎士団に入りたいって声が上がってるらしくて」

「そうなんですか？」

「はい！」

頷くラルフの横顔が、満面の笑みを浮かべる。

「……嬉しいです。ぼく、祖父から、昔人間とドラゴンは仲良く暮らしてたんだぞってずっと聞かされてて」

「え？」

レイラは目を丸くしてラルフを見た。

「私も……ドラゴンと人間が共存していたことがあると、聞いています」

「そうなんですか⁉　もしかしたらその人、ぼくのおじいちゃんと知り合いだったのかもしれませんね⁉」

にこにこと嬉しそうに笑ったラルフは、眼鏡の奥の優しく細めた目を結界内に向ける。

「ぼく、ずっとそうなったらいいなって思って、魔物の研究続けてたんです」

曲線を描く目は騎士とドラゴンに向けられているが、ラルフはもっと別の、違うものを見ている気がした。祖父の話なのか、思い描いていた未来を想像しているのか、レイラに判断はつかない。

けれどこの状況を、心の底から喜んでいることはありありと伝わってくる。

「クリフォード様がいてくださってよかったです。ぼくじゃ術具の使用を止められなくて……ぼくらだけじゃきっとこうはなりませんでした。だからすごく、すごく嬉しいです！」

手を握られて、感激と共に礼を述べられる。レイラは微笑んだ。

「私も、嬉しいです」

「おい！」

ふと、クラウスに呼ばれた。

「はい。……すみません、行ってきます。アール、おいで」

「ピ！」

アールを抱き上げて、レイラはクラウスとフレイルの元へ向かう。

「どうかされましたか？」

フレイルの世話に音(ね)でも上げたのだろうかと思ったが。

「別に」

「え、では何故呼んだんですか？」

「……あいつと何話してたんだ？」

「皆さんがドラゴンと仲良くなって嬉しいという話です。バンジ様は初めから、ドラゴンに好意的な方でしたから」

「……あっそ」

きょとんとするレイラに、クラウスは素っ気ない。レイラに背を向けて、フレイルのブラッシングを続けている。

「お、ヤキモチか〜、クラウス」

「え？」

「なっ、違う！」

レイラの隣に、クレードとアノンが降り立った。

「俺はただ……ア、アールがこっちを見てたから」

「ピ？」

突然自分が話題に上がって、アールが首を傾げる。

（団長、いつの間にかアールのことも、他のドラゴン達のことも、名前で呼んでくれるようになって――）

「ピィ！」

と、ぴょん、とアールが、レイラの腕からクラウスの背中に飛び移った。

「うぉっ」

「ピィ！」

クラウスの背中にしがみついたアールが、何やら楽しそうに鳴く。

「危ないですよ、アール。こっちに……」

「そうそう。オレんとこおいで～」

「がうっ」

「ぎゃっ」

相変わらずアノンには敵意を剝き出しにしつつも、アールはよじよじとクラウスの背中を上ると、肩に顎を乗せた。

「危ないだろ」

「ぴぇっ」

アールの首根っこを摑んだクラウスは、仕方ないとばかりにアールを片腕に抱いた。

「ピ！　ピピィ！」

「クラウス、いい感じにパパじゃんね」

「だから」

笑うアノンに、クラウスが言い返そうとする。が、面倒くさくなったのか。

「……いや、もういい」

そう漏らす。

「ピィィ！」

「暴れるな。落ちる」

ぐりぐりぐりと頭を押しつけるアールに、クラウスは呆れたように応えていた。

「オレの方がいいパパになれそうなのに」

ちぇ、とアノンが呟く。

「そうですか？」

「え、そう思わない!?」

「私は、団長が父親でよかったと思います」

「え」

レイラの言葉が予想外だったのか、クラウスが言葉を失くして硬直した。

「はーん、ほーん」

「何か？」

「や、新婚っていいよねぇって思っ……あだっ⁉」

にやにやするアノンの脛を、クラウスが蹴り上げていた。

「がうぅ！」

蹴られた箇所を押さえて蹲るアノンに、何やらアールも吠えている。

「団長、アールの教育によくありません」

「うるさい！」

騒ぐクラウス達を、ラルフや他の騎士達が苦笑しながら見つめており、放置されている
フレイルはふぅ……と鼻から息を吐いて呆れていた。

賑やかな空気が、結界内を包み込んでいた。

日も沈むかという頃、扉の開く音を聞いて、レイラは振り返った。

「おかえりなさい、団長」

フレイルと共に王都周辺の見回りに出ていたクラウスが帰ってきたのだ。

「ああ」

クラウスはイスに座っているレイラに応えたあと、周囲に視線を向ける。

「アールは？」

「遅いお昼寝中です。夜眠れなくなりそうなのでもうすぐ起こすつもりですが」

そう言って目で指すのはベッドである。仰向けに眠るアールのぷっくりとしたお腹が、規則的に上下していた。

「何か飲みますか？　紅茶ならすぐ用意できます」

「じゃあ頼む」

クラウスがテーブルを挟んだ向かいに腰かけるのを見ながら、レイラはキッチンに立った。手早く紅茶を準備し、自分とクラウスの分を運ぶ。

「どうぞ」

元の位置に座り直し、二人で紅茶を啜る。

「フレイルはどうでしたか？」

「ときどき俺を落とそうとするが、別段問題はない。あいつ、素直じゃないんだよな」

そうぼやくクラウスに、思わずレイラは笑う。

素直ではないのはクラウスも同じ――むしろクラウスとフレイルは似たもの同士ではないか、と思ったのだ。もしフレイルが言葉を話せたら、クラウスに対して全く同じセリフを言うのかもしれない。

「なんで笑ってるんだ？」

「なんでもありません」

言ったところで、きっとクラウスは認めないだろう。

「……変なヤツ」

「ピィ……」

ふとアールの寝言が聞こえて、二人で瞳を向ける。

「……こいつ、こんなにでかかったか？」

まじまじとアールを眺めるクラウスに、ついレイラは噴き出してしまった。

「そうですよ。初めの頃と比べたらもう随分と」

「……そうか……」

言いながら、クラウスはカップをテーブルに置くと、アールの隣に腰を下ろした。

アールはころりと寝返りをうち、シーツに置いていたクラウスの手に擦り寄った。

クラウスの唇の端が緩み、骨ばった手はアールの体を優しく撫でる。

「……ずっと魔物は嫌いだった。今も……好きじゃない。あいつを殺した魔物は、憎い」

ぽつりと、クラウスが口にする。

「あいつ……とは？」

「俺の従者――だったやつだ。歳の近い方がいいだろうと、幼い頃から一緒に育った。……友達だった」

独り言にも近いクラウスのそれを、レイラは静かに聞いていた。

「十二のとき、勉強が嫌でこっそり家を抜け出した。親にそう簡単に見つからないように、行くなと言われていた魔物の出る森に入って。あいつはダメだって言いながらもついてきてくれて、そこで――」

「……」

「……だから、ドラゴンも嫌いだった。なんで俺がって思ったし、せめて利用してやろうと思った。でも……今は後悔してる。あのときお前に叩かれてよかったのかもな」

「あの節は……団長の事情も知らず、失礼しました」

「いや、いい。お前のおかげで、竜騎士団として前向きにやっていこうと思えた」

クラウスの瞳がこちらを向く。二人の目が合う。

「……………ありがとう」

ぶっきらぼうな、けれどはっきりとした口調に、レイラの胸の奥が熱くなる。

「こちらこそ、ありがとうございます」

アールを起こさないよう気をつけながら、レイラはクラウスの隣に座った。

「私も、団長に必要だと言ってもらえて、嬉しかったです。……私は、自分で思っていたよりも、ここでの暮らしが楽しいのかもしれません」

心のどこかで居場所だと思ってしまった。だから失うことが怖くなった。

それはもう、ここが好きだということだ。

「あと、大事だと言ってもらえたことも」

「べ、別にあれは……」

言葉に詰まって視線を逸らすクラウスは、いつの間にかアールを撫でるのをやめていた。

シーツの上に投げ出されていた手を、レイラは握る。

「な、なんだ⁉」

「ドラゴンも動物も、相手のことを知りたいときはこうやって触れ合うと伝わる気がするんです」

「は……」

「あとカレンベルク様から、こうすれば団長が喜ぶと」

「真に受けるな！　あいつの冗談だ！」

「そうなのですか？」

聞き返すと、大きく溜め息を吐かれた。

「お前な……それ、俺以外にするなよ」

「はい……？」

よく分からないままとりあえず頷けば、クラウスは呆れたように目を細める。

「つかお前、俺のことアールや他のドラゴンと同じだと思ってるんだろ」

「それは……きゃっ」

突如抱き寄せられて、レイラは驚いて小さく声を上げる。

「団長……？」

クラウスの胸に頭を置くような形になり、彼の鼓動が聞こえてくる。

鼓動も、触れたところから伝わってくる温もりも、動物やドラゴンと同じだ。実際そう思っていたから、レイラもその抱擁におずおずと応える。すると、クラウスの力が強くなった——気がした。

何故だろう。自分を抱く腕、間近で聞こえてくる息遣い、ゼロ距離でクラウスを感じていると自覚した途端、どんどん苦しくなってくる。心臓がやけに速く動き出す——いつか

の夜と同じだ。

(これ、は……?)

戸惑(とまど)い、咄嗟に俯く以外できない。

耳元にクラウスの唇が近づいた。


「レイラ」


名前を呼ばれた瞬間――カーッと体の奥底(おくそこ)から熱くなった。

おい、や、お前、ではなく、クラウスから名前を呼ばれたのは初めてだ。

アールやフレイル達の名前を呼んでいるのは微笑ましかったのに、自分の名前だと一気に落ち着かなくなる。アノンやリッツに呼ばれたときだってなんとも思わなかったのに。

(どうして団長にだけ――?)

ゆっくりと顔を上げる。金色の瞳と目が合って、体が硬直した。

離れたいと思うのに、体がいうことをきかない。放してほしいのに、離れたくない気もする。

「その顔も、俺の前以外は絶対に禁止だからな」

「団長、あの」

その顔って……と掠れた声を上げた瞬間、視界の端で何かが動いて、レイラとクラウスは視線を動かした。

近くの窓から、ドラゴン達が興味深げに小屋の中を覗き込んでいた。

「うわっ！」

クラウスが叫び、瞬時にレイラから離れる。

「は⁉　な……っ、結界は⁉」

本来であれば、この小屋は結界外で、今までドラゴンにこうやって覗かれることはなかった……のだが。

「言い忘れていました。今日リッツ様にお願いして、広くしてもらったんです。もうあの子達も逃げ出そうとはしないと思いますし。のびのびできる方がストレスにならないので」

「……そういうことは団長である俺を通してからにしてくれないか？」

「失礼しました。ドラゴンを優先した結果、団長のことを忘れていました」

「……お前な……」

クラウスが呆れたように肩を落とす。

その頃にはレイラの硬直も、心臓の高鳴りも治まっていた。

一体なんだったのだろうと考えるが、答えが出る前に、「ピィィ……」と小さく鳴きながらアールが目を覚ます。

「すみません、アール。起こしてしまいましたね」

ふあ、と欠伸をしながら、アールがゆっくりと起き上がる。目を擦って顔を上げたアールは、窓から覗き込んでくるドラゴン達に気づいて「ピィ！」と弾んだ声を上げた。

「ピィ！　ピ！」

ドラゴン達と遊びたいらしく、ベッドから飛び降りると一目散に扉へ向かう。

人見知りならぬドラゴン見知りをしていたアールだったが、今ではすっかり心を開いたようだ。

扉を開けてくれるまで待っているところに成長を感じていれば、先にクラウスが動いた。

「外か？」

「ピィィ！」

頷きながらアールが抱っこをせがむと、クラウスは抱き上げて頭を優しく撫でる。

その様子に、レイラは笑みが零れるのを隠すことができなかった。

「お前はどうする」

「行きます」

立ち上がりながら、クラウスに訊きたいことがあったのを思い出す。

「そういえば団長、ここに便箋や封筒はありますか？」

「あるが……なんだ、いきなり」

「養父母（りょうしん）に、手紙を出そうかと。全然連絡（れんらく）もしていないのと……皆さんのこと、アールのこと、団長のこと。知ってほしくて」

　養父母に歩み寄ろうと思えたのは、居場所が増えたからだ。ここで受け入れられたことで、二人のことも受け入れたいと思った。信じたいと思った。

「よければ団長も書いてくださいますか？　一緒に暮らしていますし」

「……やめた方がいいと思うぞ。アールの手形でも押しておけ」

「いいですね。子どもができました、と」

「……誤解を生むぞ、それは」

「？」

　そんな話をしながら外に出る。

ドラゴン達に出迎（でむか）えられて、レイラは微笑んだ。

ここ（竜騎士団）でなら。クラウスと一緒なら。

　そんなことを考えるのだった。

終

巻末特典　ワケあり世話係は色々と気づかない

城に届いた養父母からの手紙をリッツが持ってきてくれたのは、アールがすやすやとお昼寝をしている時間のことだった。

「わざわざこちらまで来てくださって、すみません。ありがとうございます」

「私もちょうどレイラと話したかったから」

レイラの出した紅茶を飲みながら、リッツは小屋の中を見回している。翠の瞳が、ふとベッドで止まった。

「……ウォルフ団長とは変わりはないかい？」

一瞬、細められたリッツの目が冷たくなったような気がして、テーブルを挟んだ向かいに座っていたレイラは瞬きをする。

「はい。いつも通りですが……」

「そうか、それならいいんだ。それにしても、アールは随分と大きくなったね」

ベッドで仰向けに寝転がってピィピィ鼻を鳴らしながら眠るアールを見やる表情は、いつも通りの柔らかなものに戻っている。さっきのは見間違いだったのかもしれない。

「でもそれもそうか。君がここに来て、もうすぐ百日になるしね」

「そうでしたか？」

　ついレイラは、アールをまじまじと見つめてしまう。ここに来てから色々なことがあった。クラウスと出会い、一緒にアールを育てることになり、竜騎士団とドラゴン達は仲良くなって——。

「王都では、出会いや共に過ごす期間の百日目は縁起がいいと、贈り物をする風習があってね。だから私も何かあげたいのだけれど、ほしいものはないかい？」

「そんな。リッツ様には随分よくしていただいていますし」

　家具や団服もであるし、そもそもこの小屋だってそうだ。さらにこれ以上何かもらうなんて罰が当たってしまいそうで、レイラは首を横に振る。

「私がただ贈りたいだけなんだ。お祝いなんだから気にせず受け取ってほしい」

　そう言われてしまうと断り辛い。

「では……もしよければ、首に巻くような何かがほしいです」

「分かった。楽しみにしていてくれ」

「ピィ……」

　と、アールが声を上げる。目を覚ましたのかと、レイラはアールの元へ向かった。

けれど寝言だったようで、アールは相変わらず気持ちよさそうに眠っていた。

レイラの隣へ、リッツも移動してくる。

「……刷り込み効果で親が決まるのであれば、ウォルフ団長ではなく、私がなりたかった」

不意に、アールを見つめていたリッツの眼差しがレイラへと向けられた。

優しげな双眸を真正面から受け止めたレイラは、目を丸くする。

「リッツ様……」

(そこまでドラゴンのことを――)

さすが竜騎士団をつくった人だ、と感心していれば、リッツの手がレイラの頬に伸びてきた。微笑む彼の顔が近づいてきて――。

バン！　と勢いよく小屋の扉が開いたのは、そのときだった。

「何してる……⁉」

「団長」

同時にリッツの手はレイラの頬から離れ、代わりに指先が目元を掠めていく。

「睫毛ついてた。取れたよ」

「ありがとうございます」

そんな会話をしていると、クラウスが足早に歩み寄って来て、レイラとリッツの間に割り込むように立った。

「……殿下、何をしに？」

「竜騎士団をつくったのは私だからね。レイラやドラゴン達の様子を見に来るのは当然だろう？」

そう言ってリッツは、クラウスの肩を叩く。

「私は君のことを信用しているからね。くれぐれもよろしく頼むよ、ウォルフ団長」

そしてリッツは「そろそろ戻らないと。また来るね、レイラ」と、小屋を出て行った。

ハア、とクラウスが溜め息を吐く。

「……お前は無防備すぎる」

「？　ドラゴン達に何かあったときのため、術具はいつも持っておりますが……」

「そういうことじゃない」

顔をしかめているクラウスの言葉の意味が分からず、レイラは首を傾げるばかりだった。


その夜。

「お前、ちゃんと監視しとけよ。仮にも母親なんだろ？　あんとき俺がたまたま窓から中の様子が見えてなかったらどうなってたと思ってるんだ？」

きょとんとしているアールにクラウスがそんなことを言っていたので、「どういう意味ですか？」とレイラは訊いたが、彼は教えてくれなかった。

終

あとがき

初めまして。もしくはお久しぶりです。文里荒城です。
この度は『ワケあり竜騎士団で子育て始めました　～堅物団長となぜか夫婦になりまして～』をお手に取ってくださりありがとうございます。少しでも楽しんでいただけたのであれば幸いです。

今回のお話は、なかなか内容が思いつかず友人に相談した際「騎士団を支える女の子を見てみたい」と言われたことがきっかけでした。そこから話を膨らませて、舞台は竜騎士団で、ドラゴンの世話係とドラゴン嫌いの団長が子竜を育てることになって……と、一冊の物語になりました。

ちなみに子竜及びアールは、昨年生まれた姪と、実家で飼っているプードルを参考にしました。アールの甘え方はプードルから。クラウスの抱っこが下手だったり、襟足を引っ張られるところは、姪のあれこれから生まれました。

ここからはお礼の言葉を。

担当のI様、助言、ご指導ありがとうございました。「ラブをもっと！」と言っていただけたおかげで、レイラとクラウスをしっかり書けました！

イラストを担当してくださった昌未様。キャラが理想そのままに描かれていて、見る度に「可愛い！」「格好いい！」と叫んでいました。ありがとうございました！

相談に乗ってくれた友人には感謝してもしきれません。友人がいなければこのお話は生まれませんでした。ちなみに土竜の設定も彼女の案です。

ビーズログ文庫の編集部の方々、校正者様、デザイナー様、子育てエピソードを教えてくれた家族、他、今作に関わってくださったすべての皆様。ありがとうございました。

そしてこの本を手に取ってくださった方々に、心から感謝とお礼を申し上げます。

また皆様とお会いできますように。それでは。

文里　荒城

■ご意見、ご感想をお寄せください。
《ファンレターの宛先》
〒102-8177 東京都千代田区富士見2-13-3
株式会社KADOKAWA ビーズログ文庫編集部
文里荒城 先生・昌未 先生

ビーズログ文庫

●お問い合わせ
https://www.kadokawa.co.jp/（「お問い合わせ」へお進みください）
※内容によっては、お答えできない場合があります。
※サポートは日本国内のみとさせていただきます。
※Japanese text only

ワケあり竜騎士団で子育て始めました

～堅物団長となぜか夫婦になりまして～

文里荒城

2021年4月15日 初版発行

発行者	青柳昌行
発行	株式会社 KADOKAWA 〒102-8177 東京都千代田区富士見2-13-3 （ナビダイヤル）0570-002-301
デザイン	Catany design
印刷所	凸版印刷株式会社
製本所	凸版印刷株式会社

ISBN978-4-04-736573-5 C0193

定価はカバーに表示してあります。

◇◇◇